환생왕

ORIENTAL FANTASY STORY & ADVENTURE

요도 김남재 신무협 장편소설

dream
books
드림북스

환생왕 13

초판 1쇄 인쇄 2021년 5월 11일
초판 1쇄 발행 2021년 5월 25일

지은이 요도 김남재
발행인 오영배
편집 편집부
일러스트 나래
표지 · 본문 디자인 오정인
제작 조하늬

펴낸 곳 (주)삼양출판사 · 드림북스
주소 서울시 강북구 도봉로 173
대표 전화 02-980-2112 팩스 02-983-0660
편집부 전화 02-987-9393 팩스 02-980-2115
블로그 blog.naver.com/dreambookss
출판등록 1999년 3월 11일 제9-00046호

ⓒ 요도 김남재, 2021

ISBN 979-11-283-9766-0 (04810) / 979-11-283-9753-0 (세트)

드림북스는 (주)삼양출판사의 판타지 · 무협 문학 브랜드입니다.

환생왕

13

요도 김남재 신무협 장편소설

ORIENTAL FANTASY STORY & ADVENTURE

dream
books
드림북스

목차

1장. 진정한 목적 — 처음부터 원하는 건   007
     하나였다

2장. 고뇌 — 괜찮아요   037

3장. 전수 — 용이 되어라   067

4장. 연인 — 보여 주고 싶은 게 있어서   097

5장. 명령 — 해야 할 이야기가 있어   127

6장. 용기 — 한마디만 해요   159

7장. 비밀 — 이게 뭘까요?   187

8장. 사선의 경계 — 만나러 가야겠다   219

9장. 주제 — 넌 말이 너무 많아   249

10장. 진행 — 충분하거든   287

1장. 진정한 목적
— 처음부터 원하는 건 하나였다

　한쪽 무릎으로 힘겹게 몸을 지탱하고 있던 천무진이 천천히 자리에서 일어났다. 방금 전까지 머리와 가슴에 치미는 극심한 고통으로 몸부림치던 그는 어느덧 사라진 상태였다.

　냉혹하게 변한 눈빛을 한 천무진이 말했다.

　"죽었을 거라 생각했는데, 살아 있을 줄은 몰랐군."

　"큭큭, 뭐 운이 좋았지. 네 덕분에 꽤 긴 시간을 지옥 속에서 살았지만 그래도 살아는 있으니 좋네. 이렇게…… 너도 다시 만나고."

　말로는 좋다 하고 있지만, 듣는 이라면 누구나 알 수 있을 정도로 매유검의 말투에는 적의가 가득했다.

그날 어르신에게 천무진이 선택받게 되면서 매유검의 인생은 완전히 변해 버렸다.

죽는 것이 낫다고 생각할 정도로 끔찍했던 시간.

당연히 천무진을 바라보는 시선이 좋을 리 만무했다. 그긴 시간을 보내게 된 원흉이 천무진이라 생각했으니까.

그 지옥 속에서 살며 수도 없이 천무진을 생각했었다. 고통스러운 순간순간마다 그를 떠올렸기에 매유검은 버틸 수 있었다.

반드시 살아서 만나고야 말리라.

그리고 언젠가…… 그 심장에 검을 꽂고야 말겠다고 다짐했다. 그런데 그 지옥에서 나와 십천야 중 일인이 된 매유검은 알게 됐다.

천무진은 자신이 어찌할 상대가 아니라는 걸.

적어도…… 한동안은.

매유검이 솟구치는 살의를 억지로 내리누르는 그때 천무진이 입을 열었다.

"이 진법은 언제 치울 생각이야?"

아직까지도 자신을 진법 안에 가둬 둔 것이 맘에 안 든다는 듯 천무진이 말했고, 그 말을 들은 매유검이 옆으로 손을 뻗었다.

순간 그의 손가락 끝에 모인 내력이 진법 안의 한 공간을 향해 날아들었다.

파아앙!

거센 소리와 함께 주변으로 훅하고 바람이 밀려 나갔다. 그러자 주변에 자리하고 있던 환영들이 가루가 되어 사방으로 흩어졌다.

그렇게 진법이 깨어져 나간 공간 위로 천무진과 매유검이 마주 섰다.

천무진은 손으로 슬쩍 미간을 눌렀다.

매유검이 준비해 둔 것들로 인해 머릿속에 억지로 잠겨 있던 기억들이 한꺼번에 풀려나왔다. 너무도 많은 기억이 한 번에 밀려 들어온 탓에 순간적으로 두통이 찾아왔다.

기억과 기억이 뒤엉키며, 그것이 하나로 되어 가는 과정.

그때 매유검이 말했다.

"십삼 호, 아니 이제 천무진이라고 불러야 하나?"

"……천무진이라 불러. 네 입에서 그 번호 듣고 싶지 않으니까."

"그러지 뭐. 아, 나도 그때와는 다르게 이름이 하나 생겼거든. 매유검이라고 불리니 그렇게 알아 둬."

천무진은 자신의 이름을 말하는 매유검을 슬쩍 바라봤

다. 아직까지 장포를 눌러쓰고 얼굴을 감춘 채로 있는 그다.

과거의 삶에서 자신을 죽였던 그자가 누구일지 천무진은 무척이나 궁금했다. 그런데 그것이 자신이 알던 바로 그 칠호였다니…….

천무진은 십천야로 키워진 인물이었다.

한마디로 그들의 입장에서 천무진은 같은 편이었다는 거다. 하지만 천무진은 자신이 그들의 손에 죽은 것에 대해서 아무런 의문도 가지지 않았다.

기억을 되돌리며 덩달아 그 일에 얽힌 진실이 떠오른 탓이다.

애초부터 천무진의 저번 삶은 이번 인생을 위한 초석에 불과했다.

하지만…….

그럼에도 불구하고 아직 이해가 가지 않는 점이 몇 가지 남아 있는 건 사실이었다. 죽는 건 원래 계획에 포함되어 있었지만, 그 외에 몇몇 부분이 천무진이 알던 것과는 많이 달랐다.

그랬기에 알아야 했다.

자신이 알던 것과 다르게 흘러간 일들에 대한 진실을.

천무진이 물었다.

"왜 벌써 내 기억을 되돌린 거지? 아직 어르신이 원하는 걸 손에 넣지 못했는데."

"그만큼 네가 위협적이었다는 소리지. 이대로 널 놔뒀다가는 아예 원하시는 걸 얻지 못하게 될 거라는 확신을 하신 모양이더군."

매유검의 말에 천무진은 고개를 끄덕였다.

어르신은 어느 정도 천무진이 날뛰는 것을 그대로 놔뒀었다. 그로 인해 자신에게 피해가 돌아온다 해도 미래에 자신이 얻고자 하는 그 무언가를 위해서라면 눈감아 줄 수 있었으니까.

하지만 천무진은 그의 예상을 벗어났다.

천무진과 그의 동료들은 십천야를 아예 박살을 내기 시작했고, 그로 인해 결국 어르신은 계획을 바꾸면서까지 그의 기억을 되돌리기로 결정을 내린 것이다.

그렇지 않고서는 도저히 천무진과 그의 일행들을 막아낼 수 없다 생각했기에.

천무진이 말했다.

"어르신을 한번 뵙고 싶다."

"전달하도록 하지. 네 연락을 목 놓아 기다리고 계시니 꽤 좋아하실 거다."

말투에 왠지 모를 가시가 담겨 있음을 눈치챘지만 천무

진은 그에 신경 쓰지 않고 질문을 던졌다.

"그럼 앞으로 내가 해야 할 일은 뭐지?"

"변하는 건 없을 거다. 넌 지금의 위치에서 어르신이 원하는 걸 얻어 오면 그만이니까. 다만 예전처럼 십천야를 박살 내는 건 피해야겠지."

"……이곳에서 그대로?"

"그럼 뭐가 바뀔 거라 생각한 거야? 어차피 네가 해야 할 일은 하나잖아. 그걸 위해선 넌 여기 있어야 하고."

매유검의 말은 틀리지 않았다.

애초에 천무진이 어릴 때부터 선택받고 십천야 중에서도 특별한 존재로 키워진 목적은 오로지 하나였다.

바로 천운백의 제자로 들어가는 것.

그리고 그 계획이 성공했고, 모든 것이 끝을 향해 가는 이 순간 천무진이 돌아갈 순 없었다. 이곳에 있어야만 그 일을 매듭지을 수 있었으니까.

분명 매유검의 말대로 하는 것이 맞았지만…….

천무진의 마음은 혼란스러웠다.

진짜 자신이 누구인지 기억해 냈고, 그로 인해 천무진의 내부에서는 커다란 변화가 일어나고 있었다.

똑같은 사람, 하지만…… 과연 지금의 자신이 매유검을 만나기 전의 그와 같은 사람일까?

아니, 자신은 그때의 천무진이 아니었다.

그런데도 불구하고 예전 모습으로 함께 지내던 사람들에게 돌아가 그들 곁에 있게 된다는 것, 그 점이 못내 마음을 불편하게 만들었다.

천무진이 아무런 말도 하지 못하고 있는 그때였다.

매유검이 손으로 가볍게 턱을 쓸며 말했다.

"오랜만에 만났으니 술이라도 한잔했다면 좋았을 텐데, 장소가 이래서야, 원."

아쉽다는 듯 말하는 매유검을 향해 천무진이 비웃음과 함께 입을 열었다.

"그럴 일은 없을 거야. 몇 번을 죽었다가 살아나도 너랑 오붓하게 술을 마실 생각 따위는 눈곱만큼도 없거든."

"뭐야. 아직도 예전 일로 꽁해 있는 거야? 그땐 다 그래야 했잖아. 슬슬 이해할 때도 된 것 같은데⋯⋯."

"이해는 무슨. 넌 예전이나 지금이나 구역질 나는 놈이야."

처음으로 가족처럼 느꼈던 이였다.

그랬기에 매유검이 배신했을 때 느꼈던 충격은 상상 이상이었다. 특히나 어린 나이에 당한 일이었기에 그 충격이 더욱 강하게 뇌리에 박힌 걸지도 모르겠다.

자신을 향해 계속 적의를 드러내는 천무진의 모습에 매유검의 입가에 조소가 걸렸다.

그가 말했다.

"후후, 그래. 그럼 그 잘난 네 동료들과 얼마 안 남은 시간 즐겁게 보내라고. 뭐 그들도 네 정체를 알게 되면 지금 날 보는 너 같은 표정을 짓겠지만."

"……."

매유검의 조롱 섞인 한마디.

당연히 받아치려고 했지만…… 그 말을 듣는 순간 천무진은 일순 할 말을 잃고야 말았다.

그의 말처럼 선한 사람의 흉내를 내며 자신을 속였던 매유검과, 지금의 본인이 뭐가 다르단 말인가.

과거를 기억하지 못했다는 것?

하지만 그건 그저 핑계에 불과했다.

결과적으로 자신은 그들을 이용했고, 결국은 그들의 뒤통수를 치는 꼴이 될 테니 말이다.

매유검이 천천히 천무진을 향해 다가왔다.

그렇게 천무진의 옆에 선 매유검이 나지막한 목소리로 말했다.

"조만간 또 연락 줄게. 네 그 잘난 동료들도 좀 적당히 날뛰게 하고. 계속 그렇게 설치고 다니면…… 그냥 놔두기 어려워지잖아."

충고인지 경고인지 모를 그 말과 함께 매유검은 손을 들어 올렸다. 말을 하며 어깨를 두드리려던 그였지만 순간 자신을 노려보는 천무진의 눈빛에 자연스레 손을 위로 들어 올렸다.

"알겠다고. 그러니 그렇게 무섭게 노려보지 말지그래."

"친한 척하지 말고 이제 그만 내 눈앞에서 꺼져 줬으면 좋겠는데."

"얼마든지."

말과 함께 매유검은 천무진을 스쳐 지나갔다.

어차피 한자리에 있기 힘든 건 매유검 또한 마찬가지였다. 그가 장포 속으로 집어넣은 손을 꿈틀거렸다.

당장이라도 손을 휘두르고 싶은 걸 참느라 온몸에 경련이 날 지경이다.

지금은 이렇게 물러나야만 하지만…….

'천무진, 언젠가 넌 내 손에 죽는다.'

다짐과 함께 사라지는 매유검의 장포가 펄럭였다. 그렇게 매유검이 사라지고 대략 반 각 가까운 시간이 지났을 때였다.

천무진은 그때까지도 그곳에 가만히 자리하고 있었다.

그가 고개를 위로 젖혔다.

시야가 향한 그곳에는 새파란 하늘이 자신을 내려다보고 있었다.

하늘을 올려다보던 천무진이 자신도 모르는 사이 눈을 감고 주먹을 움켜쥐었다.

꾸욱.

참으로 우스웠다.

기억하지 못하던 과거를 알게 되었고, 이제야 조금 더 진실에 가까워졌는데…… 기분은 좋지 않았다.

그리고 천무진은 그 이유를 알고 있었다.

자신을 위해 싸워 온 이들.

그들 때문이다.

그들을 배신해야만 했으니까.

분명 이 모든 건 천무진이 원하는 방향이 아니었다. 하지만 그럼에도 불구하고 천무진은 해야만 했다.

그것이…… 천무진의 운명이었으니까.

그렇게 만들어진 것이 바로 자신이었으니까.

눈을 감은 채로 하늘을 향해 고개를 젖히고 있던 천무진에게서 큰 목소리가 터져 나왔다.

"으아아아!"

그의 처절한 고함이 메아리쳤다.

그리고 그 안에 담긴 수많은 감정들이 소용돌이처럼 사방으로 휘몰아쳤다.

＊　　　＊　　　＊

늦은 시각.

의선이 움직이고 있었다.

야음을 틈타 비밀리에 움직이던 그가 도착한 곳은 거처에서 그리 멀지 않은 장소였다. 숲길로 향하는 길목에 위치한 거처는 한적하면서도, 운치가 있었다.

그곳에 도착한 의선이 찾은 상대.

그는 바로 천운백이었다.

마당에 있는 평상에 앉아 생각에 잠겨 있던 천운백은 늦은 시간 자신을 찾아온 의선을 확인하고는 자리에서 일어났다.

"자네 이 시간에 어쩐 일인가?"

눈을 동그랗게 뜨고 물어보는 천운백을 향해 의선이 슬쩍 불만스러운 듯 투덜거렸다.

"제가 별로 안 반가우신가 봅니다?"

"허허, 그럴 리가 있겠는가. 바쁜 친구가 갑자기 찾아오니 놀라서 그렇지."

"잘 아시는군요. 그렇게 바쁜 제가 왜 이리 허겁지겁 천대협을 찾아왔겠습니까?"

의선의 그 말에 천운백의 눈동자가 빛났다.

현재 천운백의 위치는 아무도 알지 못했다.

오직 한 명 의선만을 제외하고 말이다. 그렇게 숨은 채로 천운백은 의선의 연락을 기다리고 있었다.

천운백이 슬그머니 입을 열었다.

"자네 설마…… 성공한 것인가?"

그 질문에 의선이 기다렸다는 듯 품 안에서 자그마한 주머니를 하나 꺼내어 흔들었다. 그러고는 이내 씩 웃으며 답했다.

"이 안에 뭐가 있는지 보시겠습니까?"

그 한마디에 천운백은 한달음에 의선에게 달려갔다. 그러고는 양손으로 그의 어깨를 움켜쥐었다.

"고생했네. 고생했어. 내 자네가 이렇게 해낼 줄 알았어."

말을 내뱉는 천운백의 얼굴엔 기쁨의 미소가 가득했다. 그리고 그런 그를 향해 마찬가지로 웃음을 지어 보이던 의선이 이내 표정을 찡그리며 말했다.

"대협, 어깨 부러지겠습니다."

"아, 내 정신 보게. 미안하네, 너무 기뻐서. 허허."

감정이 너무나 격해져 자신도 모르게 의선의 어깨를 꽉 움켜쥐었던 천운백이다.

아프다며 죽는소리를 해 댄 의선이었지만, 그 또한 기쁜 건 매한가지였다.

의선이 주머니 안에 넣어서 가지고 온 물건.

그건 바로 천무진이 의뢰했던 흑주염의 해독약이었다. 꽤 긴 시간 이곳 마교로 와서 마의와 함께 흑주염의 해독약을 만드는 데 열중했던 의선이다.

최근 점점 성과를 보이는 듯싶더니 결국엔 이처럼 흑주염의 해독약을 완성한 것이다.

사람을 조종하는 가루인 흑주염.

그 가루를 통해 십천야는 세력을 넓혀 왔다.

하지만 이제 흑주염의 해독약을 만드는 데 성공했으니…….

주머니를 든 자신의 손을 바라보는 의선의 표정은 무척이나 밝았다.

스스로 큰일을 해냈다는 성취감도 있었지만, 무엇보다 흑주염에 조종당하는 이들을 구할 수 있다는 사실이 기뻤다.

의선은 그 무엇보다 환자의 치료를 중요하게 여기는 진정한 의원이었으니까.

만족스러운 미소를 짓고 있는 의선을 향해 천운백이 말했다.

"자네 덕분에 많은 이들이 십천야의 손에서 벗어날 수 있게 됐네. 정말 훌륭한 일을 해낸 게야."

"뭐 당연히 저나 마의의 역할도 컸지만…… 그래도 이 일이 성공할 수 있었던 건 역시나 천 대협의 제자분 덕분이지요."

천무진이 가져온 흑주염의 가루.

그것이 없었다면 제아무리 의선과 마의가 힘을 합쳤다 한들 해독약을 만드는 건 불가능했다.

천무진이 언급되자 천운백은 작게 고개를 끄덕였다.

"……이 일에 녀석이 참 큰일을 해냈지."

말을 내뱉는 것과 동시에 쓸쓸한 표정을 지어 보이는 천운백을 향해 의선이 조심스레 물었다.

"어떻게 할까요? 이 해독약에 대해 대협의 제자분께 알려도 되겠습니까?"

의선의 의미심장한 질문.

그 질문을 들은 천운백이 의선의 손에 들린 주머니를 전해 받고는 이내 천천히 입을 열었다.

"……함구하게."

*　　　*　　　*

십천야의 거점.

겉보기에는 무척이나 조용한 그곳이었지만 내부에선 커

다란 폭풍이 휘몰아치고 있었다.

그건 바로 천무진에 대한 일 때문이었다.

오랫동안 목적을 위해 떠나 보내 놨던 천무진.

봉인해 두었던 그의 기억을 돌려놓기로 결정을 내린 이후 십천야를 이끄는 수장인 어르신이라는 존재는 계속해서 연락을 기다리고 있었다.

천무진의 기억을 되돌리는 건 그로서도 어렵게 내린 결정이었다.

하지만 지금의 상황에선 더 이상 늦출 수 없는 선택이기도 했다. 천무진과 그의 동료들의 맹활약에 십천야의 입지가 점점 좁아지고 있었으니까.

그 때문에 무척이나 늦은 밤이었지만 어르신이라는 그 존재는 잠을 이루지 못하고 있었다.

오랜 시간 침상에 누워 있었음에도 불구하고 잠들지 못하던 그가 결국 견디지 못하고 자리에서 일어났다. 휘장 안에 자리하고 있던 어르신이 이내 바깥을 향해 소리쳤다.

"술상을 들여라!"

"예, 곧바로 준비하도록 하겠습니다."

그의 명령에 바깥에 있던 수하가 재빠르게 답했다. 그리고 이내 술과 안주로 가득 찬 술상을 든 수하가 방 내부로 들어섰다.

그는 휘장 바로 앞에 술상을 내려놓고는 뒤로 몇 걸음 물러섰다.

그 순간 휘장 안쪽에서 어르신의 손이 움직였다.

스윽.

그의 손바닥 안에서 휘몰아치는 내공의 흐름. 그리고 그 흐름에 맞춰 술상이 휘장 안쪽으로 빨려 들어갔다. 허공섭물로 술상을 휘장 안쪽으로 이동시킨 것이다.

그렇게 술상을 앞에 둔 어르신의 그림자가 휘장 너머에서 꿈틀거렸다.

쪼르르.

술을 따르는 소리가 나더니 이내 그 그림자가 술잔을 입에 가져다 댔다.

그렇게 연거푸 몇 잔의 술을 들이켠 이후.

술잔을 입에서 뗀 어르신이 입을 열었다.

"무슨 일이냐, 주란."

그 말이 떨어지는 것과 동시에 어둠 속에서 주란이 모습을 드러냈다. 그녀가 부복을 한 채로 입을 열었다.

"잠이 오지 않으시는 것 같아 잠시 뵈러 왔어요."

"……그런가."

짧은 말과 함께 휘장 안쪽의 그림자가 다시금 술잔을 입에 가져다 댔다. 방 안을 단숨에 향기로 가득 채워 버릴 정도로 값비싼 술이었다.

휘장 안쪽에 있는 어르신의 눈치를 살피던 주란이 조심스레 입을 열었다.

"속이 복잡하신 모양이에요."

"잘 모르겠구나. 이것이 복잡한 건지 아니면 기대감이 밀려오는 것인지."

천무진의 기억을 되돌리며 이번 싸움은 새로운 국면에 접어들게 될 것이다. 그러니 앞으로 상황이 어떻게 흘러갈지, 그로서는 기대감과 걱정이 반씩 뒤섞인 느낌이었다.

사실 천무진이 십천야의 일원이었다는 것을 주란은 이번에 알게 됐다.

그만큼 극비 사안이었기에 십천야 중에서도 극히 일부를 제외하고는 이것에 대해 알지 못했다.

그저 어르신을 통해 천무진은 절대 죽여선 안 되고, 추후 자신들에게 도움이 될 거라는 정도의 언급만 들어 왔다.

그러던 차에 이번 일이 시작되며 어르신은 그간 감춰 왔던 진실을 드러냈다.

천무진이 십천야의 한 명이었다는 사실에 주란은 적잖은 충격을 받았다. 그리고 한편으로는 어르신에게 감탄을 금치 못했다.

무려 이십여 년이 넘게 준비된 계획이었고, 현재로선 그 것이 완벽하게 성공한 것이나 다름없었다.

천무진은 천룡성의 제자로 자랐고, 십천야의 가장 큰 적 인 천운백의 가장 가까운 사람이 되어 있었으니까. 이런 와 중에 천무진의 기억이 돌아와 자신들이 편으로 돌아선다 면…….

'전설의 천룡성이 무너지는 것도 불가능한 일은 아니 지.'

천룡성은 무림의 전설이었다.

그 누구도 범접할 수 없는 천외천의 존재.

그들이 등장하는 것만으로 무림의 정파와 사파, 마교까 지도 앞다투어 그들의 부탁에 응한다.

그것이 가능한 것은 역시나 천룡성이라는 이름으로 오랜 시간 무림에 쌓아 온 업적 때문이리라. 무림의 문파들 중 그들에게 도움을 받지 않은 이들이 없고, 그들에게 은혜를 갚지 않아도 될 이들이 없다는 말은 결코 과언이 아니었다.

그토록 강건한 천룡성을 상대하기 위해 십천야는 오랫동 안 힘을 키워 왔다.

무림 곳곳에 뿌리를 내리기 시작한 십천야의 힘.

그것은 시간이 흐르며 커다란 결실을 보았고, 지금은 그 누구에게도 지지 않을 강대한 힘을 가질 수 있었다.

허나 그럼에도 불구하고 불안감을 완전히 지울 수는 없었다.

상대가 천룡성이었기 때문이다.

그들이 지닌 특별함, 그 앞에서는 제아무리 커다란 힘을 지녔다 할지언정 승리를 장담할 수 없었다.

그런 상황에서 천룡성의 후계자인 천무진이 자신들의 편이라니 이보다 좋은 상황이 어디 있겠는가.

그렇지만 주란은 내심 걱정이 되는 부분이 있었다.

그녀는 천무진과 직접 마주한 적이 있었고, 그의 뒤를 캐며 어떠한 인물인지도 어느 정도 파악이 된 상태였다.

그랬기에 주란은 알고 있었다.

천무진과 그의 동료들 사이에 있는 끈끈함에 대해서.

주란이 걱정되는 그 부분에 대해 이야기를 꺼냈다.

"어르신, 천무진이 기억이 돌아온다고 해서 과연 우리 편에 설까요?"

"왜 그런 질문을 하지?"

"사실 그 녀석이 아무리 어릴 때 어르신이 심어 둔 간자라고 해도 너무 오랜 시간이 지났잖아요. 그동안 심경의 변화도 있을 수 있고, 또 여러 가지 이유로 변심을 할 가능성도……."

"그럴 일은 없다."

어르신이 딱 잘라 말했다.

그저 단순히 아닐 거라 생각해서 내뱉은 말이 아니었다. 그의 말투에는 확신이 있었다.

천무진이 결코 돌아서지 않을 거라는 확신이.

매유검은 스스로가 지옥에서 살았다고 말한다. 하지만…… 과연 그게 매유검뿐일까?

분명 다른 종류의 것이었지만 지옥에서 살았던 건 천무진 또한 마찬가지였다.

천룡성으로 보낼 아이를 뽑기 위해 아이들을 선별했고, 그곳에서 어르신은 천무진을 선택했다.

그로부터 일 년.

천무진은 이곳에 갇혀서 살았다.

그리고 그 시간은…… 어린 소년 하나를 바꿔 놓기에 충분한 시간이었다. 계속된 세뇌, 그건 실로 끔찍한 일이었다.

천무진은 빛 한 점 들지 않는 어둠 속에서 살아야만 했다. 정신을 파괴시켰고, 강제로 새로운 생각들을 주입시켰다.

그렇게 해서 탄생시켰다.

자신이 죽으라면 죽고, 하라고 하면 그게 무엇이라도 하는 꼭두각시. 그렇게 완성된 것이 바로 천무진이었다.

비록 긴 시간이 지났다고는 하지만 그 기억이 깨어난 이상…… 천무진은 자신의 손바닥 위에서 벗어날 수 없었다.

시간이 지나고 몸은 성장했을지 모르나 그 정신은 결국 이십여 년 전 어둠 속에 갇혀 있던 어린아이일 테니까.

어르신이 흔들림 없는 목소리로 말했다.

"아무리 오랜 시간이 지났다 한들 그놈은 결국 내 손에서 벗어날 수 없다. 그렇게 만들어진 녀석이니까."

그의 확고한 말투에 주란은 고개를 끄덕였다.

정확한 사정은 알 수 없으나 자신이 믿고 따르는 어르신이라는 존재는 결코 없는 이야기를 지어낼 인물이 아니었다.

그가 이렇게 말한다는 건 그만한 믿을 구석이 있다는 의미였다.

주란이 눈을 빛내며 말했다.

"축하드려요. 곧 그토록 바라시던 무림일통이라는 업적을 이루게 되실 테니까요."

주란의 그 말에 휘장 속에 자리한 어르신의 입꼬리가 비틀렸다.

'무림일통이라…….'

무림의 주인?

물론 그것 또한 그가 원하는 일들 중 하나였다.

그렇지만 무림일통 같은 건 자신이 진정으로 원하는 그 것을 얻으면 자연스레 따라오는 것에 불과했다.

어르신을 따르는 십천야들은 그가 원하는 것이 천룡성을 꺾고 무림의 주인이 되는 거라 생각하고 있다.

허나 틀렸다.

진정으로 그가 원하는 건 그것이 아니었으니까.

휘장 안쪽의 어르신이 입을 열었다.

"혼자 있고 싶구나. 이만 물러가거라."

"예, 어르신."

머리를 숙인 주란이 자리에서 일어나 곧바로 방을 빠져나갔다.

그렇게 그녀가 사라진 직후.

갑자기 그가 웃음을 터트렸다.

"큭! 큭큭큭!"

휘장 안쪽에서 들려오는 미친 듯한 웃음소리.

그가 자신의 얼굴을 감싸 안은 채로 중얼거렸다.

"……싱거운 소리를 하는군."

정체 모를 말을 던진 어르신이 천천히 자리에서 일어났다.

순간 그가 앞을 향해 움직였다.

스윽.

항상 닫혀 있던 휘장이 걷히며 안에 자리하고 있던 어르신의 존재가 모습을 드러냈다. 어둠 속에서 나타난 건 한 명의 노인이었다.

그런데 그 노인의 상태는 그리 좋아 보이지 않았다.

무척이나 말랐고, 피부는 마치 마른 논바닥처럼 쩍쩍 갈라져 있는 듯한 형상이었다. 얼굴은 균형을 잃은 듯 살짝 일그러져 있어서 당장이라도 무너져 내릴 것만 같았다.

흡사 괴물을 연상케 하는 추한 외모.

얼굴이 이토록 기괴하게 변한 건 이 노인의 나이가 많은 탓도 있었지만, 이유는 단지 그것뿐만이 아니었다.

노인의 이름은 천지광(天志光).

그리고 그는…… 천룡성의 무인이었다.

배분으로 따지자면 천지광은 현재 천룡성의 주인인 천운백의 사형이라고 봐야 옳았다. 물론 일인전승의 문파인 천룡성에 두 명의 제자가 있다는 것 자체가 우스운 일이었다.

사실 엄밀히 말하자면 천지광은 파문당한 천룡성의 무인이라고 봐야 옳았다.

아주 오래전 천운백의 사부이자 전대 천룡성의 주인인 천명환은 어린 천지광을 제자로 거뒀다.

그의 아래에서 십 년에 가까운 시간을 보냈던 천지광이다. 하지만 어떠한 모종의 사건들로 인해 천룡성에서 쫓겨

나게 되었고, 실질적인 후계자의 자격을 잃게 된 것이다.

천지광은 욕심이 많은 자였다.

무공에 대한 욕망과 자신을 쫓아낸 사부 천명환에 대한 원한까지 겹쳐 그는 수많은 마공들에 손을 대고 말았고, 그 부작용으로 지금처럼 신체가 망가져 버린 것이다.

그리고 망가진 건 겉모습뿐만이 아니었다.

주기적으로 찾아오는 신체의 고통. 그 또한 매번 천지광을 힘들게 만들었다.

흡사…… 저번 생의 천무진처럼.

천지광은 주란이 사라진 방향을 향해 섬뜩한 웃음을 지어 보였다.

'겨우 무림 따위 가지겠다고 이런 긴 시간을 보냈을 리가 없지 않으냐.'

처음부터 원하던 건 하나.

바로…… 천룡성의 진정한 힘이었다.

사람들은 천룡성의 믿기 어려울 만큼 강력한 무공이 그들의 진정한 힘이라 생각한다. 물론 천지광 또한 어느 정도 인정하는 부분이긴 했다.

확실히 천룡성의 무공인 천룡비공은 말도 안 되는 무공이었다. 그건 천룡비공을 직접 익힌 자신이 누구보다 잘 알지 않겠는가.

물론 어린 나이에 파문을 당하게 되면서 반쪽짜리밖에 되지 않았지만 말이다.

하지만 천룡성의 진짜 힘은 그것이 아니었다.

그들이 지닌 진정한 힘의 원천.

그건 인생을 다시 한번 되돌리는 그 힘, 바로 그것이었다.

그랬다.

천지광이 진짜 원하는 건 바로 천룡성 고유의 능력을 이어받아, 지금의 이 삶을 다시 사는 것이다.

천룡성에서 쫓겨나기 전으로, 그리고 지금처럼 망가져 버리기 전의 시간으로 돌아가서 말이다.

되돌리고 싶었다.

그 모든 걸.

천지광은 방 한쪽으로 걸음을 옮겼다. 그가 향한 그곳에는 자그마한 문이 하나 있었다.

그의 손이 닫혀 있던 문을 열어젖혔다.

그렇게 드러난 내부의 공간.

그리고 그곳에는 놀랍게도 젊은이들이 가득했다. 하나같이 혈도를 점혈당해 아무런 움직임도 보이지 못하는 이들.

천지광은 그들 중 한 명을 향해 손을 내뻗었다.

젊은 사내의 몸이 두둥실 떠서 천지광을 향해 날아들었다.

팍!

자신을 향해 끌어당긴 사내의 얼굴을 움켜잡은 천지광의 몸에서 수상쩍은 기운이 꿈틀거리기 시작했다. 그리고 이내 놀라운 일이 벌어졌다.

망가지고 있던 천지광의 몸이 조금씩 균형을 잡기 시작한 것이다.

그 반대로 천지광의 손에 얼굴이 잡힌 사내는 순식간에 쪼그라들었다.

마치 목내이(木乃伊:미라)처럼.

눈을 감은 채로 사내의 정기를 빨아들이던 천지광이 이내 손안에 잡혀 있던 상대를 내동댕이쳤다.

쿵.

바닥에 쓰러진 사내는 이미 원래의 모습을 알아보기 힘들 정도로 삐쩍 말라 있었고, 숨 또한 끊어진 상태였다.

천지광은 옆에 있는 거울을 통해 자신의 얼굴을 확인했다.

아까의 괴물 같았던 모습은 사라지고 이제는 나름대로 괜찮은 얼굴의 노인이 그곳에 자리하고 있었다. 하지만 그조차도 마음에 들지 않는지 천지광은 가볍게 혀를 찼다.

"쯧, 이제는 나흘을 못 가는군."

예전만 해도 한 달에 한 명 정도 정기를 흡수하는 걸로 몸을 유지했었다. 그러던 것이 점점 주기가 짧아지더니 지금에 와서는 나흘을 버티기가 어려웠다.

점점 빨라지는 주기.

그만큼 자신의 몸 또한 나빠지고 있다는 의미리라.

하지만 상관없었다.

천무진이 천운백을 통해 그 힘만 받아 낸다면 자신은 결국 과거로 돌아가게 될 것이고, 젊음을 되찾을 수 있을 테니까.

거울을 바라보며 자신의 얼굴을 매만지던 천지광이 중얼거렸다.

"젊음이라……."

그 말을 내뱉은 천지광의 입가에 자연스레 미소가 걸렸다.

씨익.

젊음이라는 말은 언제 들어도 매력적이다.

2장. 고뇌

— 괜찮아요

천무진은 칩거했다.

봉인되었던 기억을 되찾은 후부터 천무진은 그 어떠한 것도 할 수 없었다.

십천야를 찾아내고, 그들을 막기 위해 모든 걸 걸었던 그다. 그런데 자신이 그 십천야의 일원이라는 사실을 알게 됐다.

여태까지 했던 그 모든 게 의미가 없었을뿐더러, 앞으로 할 일은 오히려 지금껏 해 왔던 것과는 완전히 반대되는 것이어야 했다.

천무진의 옆에는 아무도 없었다.

단엽은 대홍련의 련주가 되기 위해 떠났고, 백아린과 한천은 적화신루의 일로 자리를 비운 상태였다.

그랬기에 혼자 나섰다가 매유검과 그런 식으로 조우하게 된 것 아닌가.

자연스레 천무진은 모든 일에서 손을 놓고 마교 내 거처인 귀림원에 자리한 채 점점 어둠 속으로 빨려 들어가고 있었다.

떠오른 기억들.

그리고 그로 인해 저절로 어릴 때의 모든 게 생각났다. 고아로 떠돌아다니던 때부터, 그들에게 끌려가 갖가지 생체 실험을 당했던 것들까지.

거기다가 어르신에게 선택을 받게 되면서 그보다 더욱 심한 지옥으로 끌려가 겪었던 일들도 생각났다.

하루하루가 지옥이었다.

지금처럼 혼자였고, 그 누구도 없었다.

무공 또한 전혀 알지 못하는 상태에서 맨몸으로 그들이 행하는 모든 걸 감내해야만 했다. 천운백을 속여서 제자로 들어가는 목적을 가지고 있었으니, 당연히 무공은 가르쳐 줄 수 없는 상황이었다.

그렇게 모든 준비가 끝난 후 천무진은 기억을 봉인당했다.

상대는 천운백.

기억이 남아 있는 한 제아무리 천무진이 영특하게 군다고 해도 천운백은 뭔가 이상하다는 걸 알아차릴 거라는 판단 때문이었다.

그 이후의 기억 중에 특별한 건 없었다.

천운백의 눈에 들 수 있도록 거의 죽기 직전까지 얻어맞았고, 길거리에 버려져 있었으니까.

그렇게 천운백의 눈에 들어 천룡성에 들어갔고 결국 십천야의 주인인 천지광이 원하던 대로 그의 제자가 되는 것에도 성공했다.

천운백은 좋은 사람이었다.

기억은 잃었지만 오랜 시간 상처 입고 고통을 받은 천무진은 자연스레 난폭해져 있었다. 상처 입은 맹수처럼 날뛰던 천무진이 평온해질 수 있었던 건…… 모두 천운백 덕분이었다.

그는 계속해서 천무진의 옆에 있었고, 그의 상처를 함께 껴안았다.

그 덕분에 천무진은 변해 갈 수 있었다.

기본적인 성향 때문에 살가운 제자까지는 되지 못했지만 천운백이라는 인물을 진정으로 존경했고, 그는 아무도 없던 천무진에게 유일한 가족이 되어 줬다.

저번 생에서 조종을 당하던 와중에도 천운백의 사망 소식에 눈물을 흘릴 정도였으니 그 마음이 얼마나 깊었는지는 이루 말로 표현하기 어려울 정도였다.

그만큼 소중했던 사람.

그런데…….

천무진은 그런 그를 배신해야 했고, 또 놀랍게도 그래선 안 된다는 걸 아는데도 불구하고 그렇게 해야만 한다며 스스로에게 되뇌는 자신이 이곳에 있었다.

마치 몸 안에 두 개의 인격이 있어 그것들끼리 격하게 싸우고 있는 것만 같은 기분이 들었다.

그리고 아쉽게도 매번 그 싸움의 승자는 오래전 만들어진 바로 그 조그마한 아이였다.

머리가 깨어질 것만 같은 두통.

그 두통 때문에 천무진은 틈만 나면 잠을 잤다. 그렇지 않고서는 버텨 내기가 쉽지 않았던 탓이다.

자신의 의지와는 달리 점점 마음은 황폐해져 갔고, 이 모든 건 천지광이 오래전부터 준비해 둔 계획대로였다.

오늘도 무려 하루의 절반 이상을 잠으로 버려 내던 천무진이 지독한 악몽에 결국 눈을 뜨고야 말았다.

"으읏!"

벌떡 몸을 일으켜 세운 천무진이 손으로 이마를 눌렀다.

잠에서 깨기 무섭게 찾아오는 두통이 계속해서 머리를 짓눌렀다.

그 고통에 자리에서 벌떡 일어난 천무진은 탁자 위에 자리하고 있는 화병을 손으로 밀어젖혔다.

쨍그랑!

탁자 위에 있던 화병이 곧장 바닥으로 떨어져 산산조각이 났고, 그 소리를 들은 직후에야 천무진은 자신이 무슨 짓을 벌였는지 정신을 차릴 수 있었다.

바닥에는 엉망으로 깨어져 있는 화병 조각과, 마찬가지로 나뒹굴고 있는 꽃이 보였다.

어지럽게 떨어져 있는 그 모습을 보는 순간 천무진은 주먹을 움켜쥐었다.

혼란스러웠다.

'대체 이게 무슨……'

스스로의 의지로 벌인 일이 아니었다.

갑자기 화가 치밀었고, 자신도 모르게 눈앞에 보이던 화병을 손으로 쓸어 버린 것이었다. 이 모든 것이 자신의 의지가 아니었다는 사실에 천무진은 더더욱 두려움을 느꼈다.

마치 자신이 점점 괴물이 되어 가는 것 같았기에.

천무진은 다리에 힘이 풀린 듯 그대로 침상 위에 주저앉았다.

아직 해가 진 시간도 아니었건만, 방 내부는 깜깜했다. 빛 한 점 들어오지 않기를 바랐기에 사람을 시켜 창문을 꽉꽉 막아 버린 탓이다.

천무진은 그렇게 어둠 속에서 홀로 고개를 숙였다.

자조 섞인 미소를 지은 채로 그가 중얼거렸다.

"난…… 누구지?"

과연 자신은 누구일까?

천무진일까? 아니면…… 십삼 호인가?

아주 조금씩 그의 주변으로 어둠이 밀려들었다.

갑작스러운 적화신루의 일로 자리를 비웠던 백아린은 눈에 보이는 귀림원의 건물을 발견하고는 자신도 모르게 슬쩍 입가에 미소를 머금었다.

삼 일이나 자리를 비운 탓에 그동안 천무진과 떨어져 있어야만 했던 그녀다.

최대한 내색하지 않으려 했지만 사실 천무진이 너무나 보고 싶었다.

막 시작한 연애.

인생의 첫 연애였고, 스스로가 생각해도 놀라울 정도로 좋았다.

좋아도, 너무 좋아서 천무진이 없는 찰나는 영원처럼 느껴질 정도로 길었다.

사실 원래의 일정대로였다면 내일 오전에나 도착할 예정이었다.

하지만 천무진이 너무나 보고 싶어 최대한 빠르게 움직였고, 그 덕분에 해가 진 밤이긴 했지만 그래도 날을 넘기지 않고 도착할 수 있었다.

그 자그마한 표정 변화를 귀신같이 눈치챈 한천이 히죽거리며 말했다.

"낭군님 보실 생각에 그리도 좋으십니까?"

낭군이라는 말에 백아린의 얼굴에 큰 당황스러움이 맺혔다. 그녀가 당황한 나머지 자신도 모르게 말을 더듬거렸다.

"무, 무슨 말을 그렇게 해?"

당황하는 그녀의 모습에 한천의 표정이 더 장난스럽게 변했다. 그 어떠한 일에도 당황하지 않던 그녀 아닌가.

그런 백아린이 낭군이라는 말에 이토록 당황해서 더듬거리는 걸 보니 절로 장난기가 맴돌았다.

"어라? 얼굴까지 빨개지셨는데요? 이거 이러다가 조만간 정말로 혼인이라도⋯⋯."

"⋯⋯부총관."

의미심장한 목소리와 함께 자신의 등 뒤에 매달려 있는 대검을 향해 손을 가져다 대는 백아린의 모습에 한천이 황

급히 손사래를 쳤다.

"지, 진정하시죠. 대장! 방금 말은 취소입니다, 취소. 하하!"

서둘러 거리를 벌리기까지 하는 한천의 모습에 등 뒤로 향했던 손을 내린 그녀가 골치 아프다는 듯 중얼거렸다.

"대체 단엽은 언제 돌아오는 거야? 그 녀석이라도 있어야 부총관의 저 시끄러운 입이 좀 떠들 곳을 찾을 텐데."

"그러게 말입니다. 이제 대장은 다른 분이 생기셔서 저랑 놀아 주기도 힘드실 텐데 말이죠."

그새를 못 참고 다시금 치고 들어오는 한천의 장난기에 백아린이 이를 갈며 말했다.

"역시 몸이 편하니까 그 입이 문제네. 한동안 좀 편하게 지냈으니 이제 좀 바빠져 봐야겠지? 마침 큰 일거리 하나 들어왔는데, 그건 부총관이 맡도록 해."

백아린의 그 말에 한천은 스스로의 입을 손바닥으로 때리며 속으로 후회를 내뱉었다.

'아이고, 하여튼 이놈의 주둥이가 문제라니까.'

가뜩이나 긴 여정에 피곤해 죽겠는데 백아린이 이토록 큰 일거리라 호언장담할 정도라면 그것이 보통 일은 아닐 것이다.

몇 날 며칠은 죽어라 고생할 것이 분명한 상황.

한천이 조심스레 말을 걸었다.

"저기 대장, 이번 말도 취소할 테니까 방금 그 일거리 이야기도 좀……."

그때였다.

쿠웅!

그리 크지 않은 소리. 그렇지만 백아린과 한천은 뛰어난 고수였고, 그 충격음은 둘의 귀를 피해 가지 못했다.

더군다나 그 소리가 난 장소.

그곳은 자신들의 거처인 귀림원이었다.

약속이라도 한 듯 동시에 서로의 얼굴을 확인한 두 사람.

백아린과 한천이 다급히 소리가 난 방향을 향해 내달렸다. 순식간에 귀림원 안으로 들어선 상황에서 백아린은 가장 먼저 천무진이 기거하는 방을 향해 움직였다.

소리가 난 방향도 그쪽이었고, 가장 걱정되는 것 또한 천무진의 안위였기 때문이다.

그녀가 다급히 천무진의 방문을 열어젖혔다.

"괜찮……!"

말을 내뱉던 백아린의 눈동자가 흔들렸다.

방 내부는 엉망이었다. 흡사 도둑이 든 것처럼 모든 것이 어질러져 있었고, 많은 것들이 깨어져 바닥을 나뒹굴었다.

그리고 그 엉망이 된 모든 것들의 위에…… 천무진이 있었다.

외부인의 목소리에 천무진은 천천히 고개를 돌려 입구를 바라봤다. 백아린을 발견한 그의 입술이 꿈틀거렸다.

"……백아린?"

자신을 향한 힘없는 천무진의 목소리.

그의 모습은 삼 일 전 헤어졌던 그때와 뭔가 많이 달라져 있었다. 많이 지쳐 보였고, 핼쑥한 얼굴이었다.

그 얼굴을 마주하는 순간 백아린은 무엇인가 일이 벌어졌음을 직감했다.

그때 뒤편으로 한천이 다가오고 있었다.

백아린은 그가 안쪽의 상황을 보지 못하도록 서둘러 소리쳤다.

"부총관!"

"예?"

한천이 멈칫하는 그때, 백아린이 급히 명령을 내렸다.

"여기는 괜찮으니까 주변을 한 번 확인해 줘."

"하지만 소리가 난 곳은 분명 천 공자님의……."

"됐으니까 빨리! 아까 말했던 큰 일거리 맡긴다는 말 취소할 테니까 다른 곳 확인해 달라고."

오랜 시간 그녀의 옆을 지켜 왔던 그가 백아린의 표정과 목소리를 보고 뭔가가 벌어졌다는 걸 눈치채지 못할 리 만무했다.

다급해 보이는 얼굴과 목소리.

그 모습에 내심 걱정이 들었지만…… 한천은 오히려 모르는 척 장난스럽게 답했다.

"오, 정말입니까? 알겠습니다. 그럼 제가 주변을 샅샅이 뒤져 보고 오죠."

"……부탁할게."

"걱정 마시죠, 대장. 누구도…… 접근하지 못하도록 할 테니까."

한천의 그 말에 백아린이 고맙다는 표정으로 고개를 끄덕였다.

별다른 말을 하지 않았음에도 불구하고 자신의 마음을 알아주는 한천 덕분에 백아린은 주변의 경계를 모두 그에게 맡긴 채로 방 안에 들어섰다.

그녀는 곧장 방문을 걸어 잠갔다.

동시에 방 안에는 짙은 어둠이 밀려들었다.

방 안의 창문들이 모두 틀어 막혀 있다는 사실을 백아린은 그제야 알 수 있었다.

백아린이 안으로 들어서자 천무진이 침상에 걸터앉았다.

내면에 있는 두 개의 생각이 맞부딪치며 다시금 방 안에 있던 걸 손으로 때려 부쉈던 천무진이다.

그렇지만 백아린의 목소리에 이내 정신이 돌아왔고, 자신이 직접 만들어 버린 방 꼴을 보며 깊은 자괴감에 젖어 들었다.

천무진에게 다가온 그녀가 입을 열었다.

"무슨 일 있었어요?"

백아린의 질문에 천무진은 움찔했다.

그녀의 걱정 가득한 목소리에 자신을 향한 마음이 담겨져 있다는 걸 너무도 잘 알았다.

머리로는 알고 있었다.

이 모든 이야기를 그녀에게 하는 것이 어떻겠냐고.

그렇지만 그런 자신의 또 다른 정신을 몸이 지배한다.

입이 열리지 않았고, 진실을 이야기할 수 없었다. 천무진이 얼굴을 감싸 안은 채로 힘겹게 입을 열었다.

"할 말이 너무 많은데, 해야 할 말이 너무 많은데…… 그래서 아무 말도 못 하겠어."

말과 함께 천무진은 천천히 고개를 떨궜다.

그녀에게 아무런 말도 해 줄 수 없는 상황이, 그리고 할 수 없는 자신이 너무도 싫었다.

이 모든 것에 깊은 좌절감을 느끼고 있던 바로 그때.

스윽.

뻗어진 손이 부드럽게 천무진의 머리를 감쌌다. 그 손의 주인인 백아린이 얼굴을 감싸 안은 채로 고통스러워하는 천무진의 머리를 자신의 가슴 쪽으로 끌어당겼다.

백아린은 이내 상체를 살짝 굽혀 그의 귓가에 입을 가져다 댄 채로 속삭였다.

"괜찮아요."

그 한마디에 천무진이 움찔했다.

괜찮다니?

이 상황을 보고도 괜찮다는 말을 할 거라고는 상상조차 하지 못했다.

예상치 못한 말에 당황하는 그 순간 백아린의 말이 이어졌다.

"아무 말도 하지 않아도 돼요. 그냥…… 제가 옆에 있을 테니까."

말과 함께 백아린의 한쪽 손이 천무진의 등을 가볍게 토닥였다. 그녀의 위로에 천무진은 절로 입술을 꽉 깨물었다.

생각지도 못한 위로가 오히려 마음속에 커다란 파문을 일게 만들었다.

괜찮다며 등을 어루만져 주는 백아린의 손길에 어지럽던 머리가 이상할 정도로 평온해졌다.

이제야 답답했던 가슴이 조금이나마 뚫리고, 숨이 쉬어지는 느낌이었다.

자리에 앉은 채로 백아린의 품에 안겨 있던 천무진이 이내 천천히 손을 뻗어 그녀의 허리를 부드럽게 감싸 안았다.

하고 싶은 말이 참으로 많은데 지금으로선 할 수 있는 말이 이것 하나뿐이었다.

"……고마워."

*   *   *

매유검을 만난 이후 삼 일 동안 긴 고통에 시달리고 있던 천무진의 몸 상태는 꽤나 빠르게 나아졌다.

그 이유에는 삼 일이라는 시간 동안 뒤엉켰던 생각들이 어느 정도 정리된 덕분도 있었지만, 역시나 가장 큰 건 백아린의 존재였다.

옆에 있어 주는 다른 누군가가 생기자, 어둠 속에서만 시간을 보내고 있던 천무진의 상태는 호전되어 갔다.

방 창문을 막아 뒀던 것들도 모두 떼어 냈고, 이제는 화를 못 이겨 물건을 부수는 일도 없어졌다.

겉보기만 보자면 예전과 하나 달라진 것 없는 모습.

하지만…….

그건 겉모습의 이야기였다.

내면의 그는 예전과는 많이 달라져 있었다.

십천야의 일원으로 천무진이 해야만 하는 그 일.

그것을 위해 천무진이 가장 먼저 해야 할 일은 사부인 천운백을 만나 필요한 걸 얻어 내는 것이었다. 그런데 참으로 우습게도 지금 천무진이 가장 피하고 싶은 일 또한 천운백을 만나는 것이었다.

천운백을 만난다면 결국 자신은 원래의 목적을 위해 움직이게 될 게 분명했다.

그렇지만 천무진은 천운백을 배신하고 싶지 않았다.

그럼에도 불구하고 결국 원래의 정해진 목적을 수행하게 되는 것…… 그것이 바로 지금 천무진의 상태였다.

자리에서 일어난 천무진이 간단하게 옷매무새를 정리했을 때였다.

"일어났어요?"

문 너머에서 들려오는 백아린의 목소리에 천무진이 고개를 끄덕이며 답했다.

"응, 들어와도 괜찮아."

승낙이 떨어지자 문이 열렸고, 그 건너에서 백아린이 웃는 얼굴로 자리하고 있었다.

방 안으로 들어서며 그녀가 물었다.

"오늘은 좀 어때요?"

"어제보다도 더 낫네. 이젠 많이 나아졌으니 너무 걱정하지 않아도 돼."

방 안의 물건들을 때려 부수고 혼자서 괴로운 듯 자리하고 있던 천무진이다. 그리고 그런 그를 보고도 괜찮다며 자신이 옆에 있어 주겠다는 말만 남겼던 백아린이다.

그리고 그 이후로 며칠이라는 시간이 지난 지금까지도 그녀는 천무진에게 그날 일에 대해 단 하나도 묻지 않았다.

나아졌다는 천무진의 말에 백아린이 만족스러운 표정과 함께 입을 열었다.

"다행이네요. 어서 나아야 그때 가려고 한 곳도 데려가 줄 거 아니에요."

"아……."

백아린의 말에 문득 약속을 떠올린 천무진이 픽 하고 웃었다.

적화신루의 일로 갑작스럽게 떠나야만 했기에 저녁 외출 약속을 다음으로 미뤘었다. 돌아오면 바로 그날의 약속을 지키자고 이야기했었지만 천무진의 상황이 좋지 못했던 탓에 여태까지 조용히 기다린 그녀였다.

백아린이 말했다.

"설마 먼저 다녀온 건 아니죠?"

"그럴 리가. 당신하고 같이 가야 되니 아껴 두라면서."

"제가 한 말 기억하고 있었어요?"

"물론이지. 그런데 좀 걱정이네. 그렇게 기대할 정도는 아닌데……."

천무진이 은근히 신경이 쓰이는지 말끝을 흐릴 때였다.

백아린이 걱정 말라는 듯 답했다.

"사실 장소가 뭐가 중요하겠어요. 그곳에 당신만 있으면요. 전 그거면 돼요."

"……."

진심이 가득한 그 말에 천무진은 일순 아무런 대답도 하지 못했다.

밀려드는 감정은 무척이나 복잡했다.

예전이었다면 지금의 이런 말에 마냥 고맙기만 했을 것이다. 하지만 지금은 그럴 수가 없었다.

'……미안해.'

언젠가 그녀를 배신하게 될지도 모르는 지금.

그런 상황에서 이 같은 배려를 받고 있다는 것 자체가 천무진에겐 면목이 없는 상황이었다.

몇 마디를 주고받는 와중에 백아린은 자연스레 옆에 있는 의자에 걸터앉았고, 그렇게 잠시 두 사람이 평범한 대화를 이어 나갈 때였다.

열린 방 문을 통해 한천이 모습을 드러냈다.

그가 손으로 가볍게 문을 두드리며 말했다.

"아니, 아침 식사 때문에 데리러 가신 분까지 여기서 농땡이를 부리시면 어쩝니까?"

"뭐 얼마나 됐다고 그래."

백아린이 한천을 향해 왜 괜한 유난이냐는 듯 퉁명스레 말할 때였다. 그가 기가 막힌다는 듯 이마를 감싸 쥐며 답했다.

"얼마나 되긴요. 대장이 간 지 이 각은 훌쩍 넘었거든요?"

"……그래?"

한천의 말에 백아린은 슬쩍 바깥을 확인하더니 이내 어색하게 몸을 일으켜 세웠다.

천무진과 대화하는 데 빠져서 시간 가는 줄도 몰랐던 모양이다. 그것도 모르고 오히려 한천에게 큰소리를 쳐 댔으니 면목이 없을 수밖에 없었다.

그녀가 괜스레 천무진에게 말을 돌렸다.

"아침 먹으러 가요."

"그러지."

말과 함께 두 사람이 한천이 대기하고 있던 문을 통해 바깥으로 나섰다.

나란히 걷는 두 사람의 뒷모습을 보며 못 말리겠다는 듯 가볍게 고개를 젓던 한천의 표정이 일순 진지하게 변했다.

'분명 뭐가 있긴 한 것 같은데…….'

백아린이 서둘러 제지한 탓에 방 내부를 확인하지는 못했다. 하지만 적어도 부서지는 소리가 흘러나온 곳이 천무진의 방인 건 분명했다.

이해를 할 수 없었던 일.

그런데 막상 두 사람이 그것에 대해 일체 말도 않고 함구하고 있으니 한천으로서는 무슨 일이 있었는지 알 방도가 없었다.

내심 두 사람에 대한 걱정도 들었지만…… 지금으로선 그냥 기다리는 것 말고는 딱히 방법이 없었다.

한천은 이내 살짝 굳혔던 표정을 풀었다.

천무진이나 백아린.

두 사람 모두 훌륭한 성인들이다. 자신에게 감춘 것이 어떠한 일이 됐든 간에 결국 저 두 사람이 함께 고민하는 일이라면 훌륭한 답을 내릴 거라는 확신이 있었다.

괜히 더 밝은 표정으로 달려간 한천이 굳이 천무진과 백아린 사이에 끼어들었다.

"자자, 두 분만 즐겁게 대화 나누지 마시고 저도 좀 끼워 주시죠."

그런 그의 행동에 두 사람 다 기가 차다는 듯한 표정을 지어 보였고, 한천은 아무렇지 않게 말을 이어 나갔다.

"단엽 그 녀석은 잘하고 있을까요?"

"뭐 문제 될 게 있나. 어차피 대홍련의 후계자였고, 현재 련주 또한 그를 강력하게 밀어줄 생각인가 본데 자잘한 군소리들이야 결국 시간문제일 테고."

백아린이 자신의 생각을 밝혔고 천무진 또한 동의한다는 듯 고개를 끄덕였다.

그러고는 이내 천무진이 한천을 향해 말했다.

"왜? 단엽이 없으니 허전한가 보지?"

"술친구가 없으니 영 심심하긴 하네요. 그 자식이 벌써부터 이렇게 보고 싶다니, 원."

한천은 속내를 숨기지 않고 답했다.

몇 번이고 기루에 가고 싶었지만, 딱히 같이 술을 마셔 줄 이가 없었기에 한천으로서는 입맛만 다시며 지내는 중이었다.

한천이 덧붙여 말했다.

"제가 이렇게까지 술이 당긴다고 노래를 불러 댔는데 나중에 두 분이서만 나가서 마시시면, 그건 반칙입니다? 꼭 저도 데리고 나가십쇼."

"……그래야지."

순간 멈칫한 천무진이 어렵게 말을 이었다.

그렇지만 그 찰나의 머뭇거림을 알아차린 한천이 눈을

부라리며 중얼거렸다.

"어라? 이거 수상한데."

"수상하긴 뭐가 수상해!"

옆에서 괜스레 편을 들어 주는 백아린의 모습에 한천의 눈초리가 더욱 의심스럽게 변했다.

투덕거리며 식당으로 향한 세 사람은 이내 아침 식사를 시작했다.

그렇게 세 사람이 식사를 마칠 무렵.

적화신루 쪽에서 급히 날아든 연락 하나.

그 연락의 주인공은…… 천운백이었다.

* * *

약속 장소로 향하는 천무진의 발걸음은 무척이나 무거웠다.

최대한 늦게 연락이 오기를 바랐다.

그런데 몸이 어느 정도 회복되기 무섭게 천운백에게서 연락이 오고야 만 것이다. 마교에 나타나서 단 한 번의 만남 이후 오랫동안 모습을 감춰 왔던 그다.

만나고자 했던 때는 그리도 연락이 없더니 그 반대의 상황이 되자 오히려 이토록 빠르게 약속이 잡혀 버렸다.

목적지가 점점 가까워져 올수록 천무진의 걸음은 점점 느려졌다. 백아린이나 한천이 있었다면 이상하다는 걸 단번에 느낄 정도였다.

이 각이면 충분히 갈 거리를 무려 반 시진이 넘는 긴 시간을 들여 도착한 천무진은 이내 자신의 앞에 있는 건물을 확인했다.

그의 눈앞에는 이 층으로 된 기루가 자리하고 있었다.

그 앞에서 잠시 머뭇거리던 그때.

"녀석아, 거기서 뭐 하는 게냐. 왔으면 어서 올라오지 않고."

익숙한 목소리에 천무진은 고개를 들어 위쪽을 확인했다. 그리고 그곳에는 천운백이 자신을 내려다보며 웃고 있었다.

천무진이 나지막이 중얼거렸다.

"……사부."

"그래 이놈아. 사부 여기 있다. 어서 올라오래도."

재차 내뱉는 그의 말에 천무진이 고개를 끄덕이며 답했다.

"바로 가죠."

말과 함께 천무진은 기루 안으로 들어섰다. 마교 외성에 위치한 이 기루는 변두리에 자리를 잡은 탓에 손님이 많이 오가는 곳은 아니었다.

더군다나 시간 또한 워낙 일렀기에 기루 내부는 한적했다.

텅 비어 있는 일 층을 지난 천무진이 곧장 이 층으로 걸음을 옮겼다. 그렇게 계단을 따라 이 층에 올라선 그가 곧장 천운백이 있는 방으로 들어갔다.

이미 방 안에는 천무진을 기다리며 시켜 두었던 음식들로 가득했다.

안으로 들어선 천무진은 자신을 바라보고 있는 천운백과 마주했다.

자신을 향해 웃고 있는 얼굴.

저 얼굴을 보고 있노라니 다시금 마음이 요동쳤다.

가장 소중했던 사람.

그리고…… 자신이 배신해야만 하는 사람.

잠시 그곳에 선 채로 천운백을 바라보던 그가 이내 어렵사리 걸음을 옮겼다. 그러고는 곧바로 천운백의 맞은편으로 다가가 자리에 앉았다.

흡사 이 불편한 마음을 지우기라도 하려는 듯 천무진이 앉자마자 탁자 위에 가득 차 있는 음식들을 바라보며 이야기를 꺼냈다.

"뭐 이리도 많이 시키셨습니까?"

"네가 좋아하던 것들로 하나 두 개 시키다 보니 이리도 가득 차 버렸구나. 하지만 뭐가 문제더냐. 아직 한창 먹을 나이 아니냐. 좀 많긴 하다만 둘이서 먹는 데 못 할 것도 없지. 너도 어서 먹을 준비를 하려무나."

진지한 표정으로 젓가락을 들어 올리는 천운백의 모습에 천무진이 어처구니없다는 듯 말했다.

"전 이미 아침 먹었는데……."

"어허, 그래서 이 사부와 식사하지 못하겠다는 건 아니겠지?"

말과 함께 자신을 향해 젓가락을 들이미는 천운백의 모습에 천무진은 결국 못 이기는 척 그것을 받아 들었다.

음식을 입에 넣으며 천무진이 투덜거렸다.

"그리고 한창 먹을 나이는 오래전에 지났습니다, 사부님. 벌써 제 나이가 몇인데요."

"허허, 그거야 네 생각인 게지. 네가 아무리 큰다 한들 내 눈에는 그대로인데?"

말과 함께 웃어 보이는 천운백의 모습에 천무진은 죄책감이 밀려들어 급히 고개를 숙였다.

그러고는 오히려 음식에만 열중한 채로 바삐 젓가락을 움직였다.

그렇게 한참을 식사에 열중하던 때였다.

음식을 먹고 있는 천무진을 따뜻한 눈빛으로 바라보던 천운백이 이내 열려 있는 창문을 통해 들어오는 싸늘한 바람을 느끼고는 입을 열었다.

"날씨가 참으로 춥구나. 이제는 겨울만 되면 뼈가 시릴 지경이야."

"……그런 영감님 같은 말씀을 하기에는 아직 너무 정정해 보이시는군요."

떡 벌어진 어깨와 힘 있는 눈동자.

나이는 많았지만 누가 봐도 천운백은 건장하기 그지없었다.

허나 그런 천무진의 말에 천운백이 발끈하며 곧바로 받아쳤다.

"어허! 네 녀석이 내 나이가 되어 봐야 알지. 아침에 일어날 때마다 얼마나 삭신이 쑤시는지, 원."

재차 죽는소리를 해 대는 천운백의 말에 동의하기 어렵다는 듯 천무진은 별다른 대꾸 없이 다시금 젓가락질을 해 댔다.

그때 천운백이 차가운 바람에 뭔가가 생각난 듯 입을 열었다.

"아마 이맘때쯤이었지?"

"뭐가 말입니까?"

되묻는 천무진을 향해 천운백이 곧장 답했다.

"우리 둘이 처음 만났던 때 말이다."

"……."

천무진은 입을 닫은 채로 창밖을 바라보고 있는 천운백의 옆얼굴을 응시했다.

생각해 보니 천운백이 죽어 가는 천무진을 데리고 갔던 건 무척이나 추운 겨울이었다.

찬바람을 느끼며 천운백이 말을 이었다.

"그때도 무척이나 날이 추웠지. 이곳이야 워낙 날씨가 따뜻하니 지금 이 무렵에도 버틸 만하지만, 우리가 만났던 그곳은 길거리에서 자다간 딱 얼어 죽기 십상일 정도였던 게 기억나는구나."

벌써 이십여 년에 가까운 시간이 지났을 정도로 먼 과거의 일이다.

긴 시간이 지났지만, 천운백은 천무진을 만났던 그 날을 똑똑히 기억하고 있었다.

추운 겨울, 피투성이가 된 채로 쓰러져 있는 그 조그마한 아이를 품에 안았던 날.

그날의 이야기가 나오자 천무진은 고개를 들기가 어려웠다. 천무진은 계속 고개를 숙인 채로 괜히 퉁명스레 말을 꺼냈다.

"갑자기 그날 일은 왜 꺼내십니까? 저는 잘 기억도 안 나는…….."

그 순간.

"무진아."

자신을 부르는 사부 천운백의 나지막한 목소리.

피하고 싶었다.

하지만 지금 이토록 자신을 부르는 상황에서 계속 모르는 척 외면할 순 없었다. 천무진은 힘겹게 고개를 들어 올렸고, 맞은편에는 자신을 똑바로 응시하고 있는 천운백이 있었다.

천무진은 자신을 바라보는 천운백의 시선을 애써 피하지 않으며 입을 열었다.

"네, 사부님."

최대한 아무렇지도 않은 표정을 지어 보이는 그때.

천운백의 입이 열렸다.

"……기억을 찾았구나."

투욱!

심장이 덜컥 내려앉았다.

그리고 그와 동시에 천무진의 눈동자가 흔들렸다.

3장. 전수
— 용이 되어라

　기억을 찾았구나, 하는 그 한마디의 말.

　생각지도 못한 말에 천무진은 어떠한 대답도 할 수 없었다.

　그만큼 천운백이 내뱉은 말은 충격적이었으니까.

　그건 결코 다른 누군가가 알 수 있는 일이 아니었다. 하물며 그것이 천운백이라면 더더욱 알아선 안 되는 일이기도 했다.

　당황했던 천무진이지만 이내 그는 서둘러 정신을 추슬렀다.

　천운백이 어디까지 알고 있는지 모르는 지금.

당황하여 괜히 일이 꼬이게 만들 순 없었다.

천무진은 아무렇지 않게 옆에 있는 찻잔에 손을 가져다 댔다. 그러고는 이내 찻물로 입술을 축이고는 태연한 척 입을 열었다.

"그게 무슨 뜻입니까?"

모르는 척하려던 천무진.

하지만⋯⋯.

"무진아."

다시금 나지막이 자신을 부르는 소리에 천무진은 힘겹게 천운백을 응시했다. 그렇게 시선을 마주한 상황에서 천운백이 천천히 입을 열었다.

"너는 잘 알 게다. 내가 상대를 떠보기 위해 이런 말을 할 사람은 아니라는 걸. 그리고 너를 잘 아는 건 나도 마찬가지지. 네가⋯⋯ 얼마나 거짓말을 못 하는지도 너무 잘 알거든."

폐부를 찌르고 들어오는 것만 같은 천운백의 말에 천무진은 아무런 대꾸도 하지 못했다.

머리로는 알고 있었다.

뭐라도 말을 하라고.

다른 이야기로 화제를 돌리기라도 해야 한다고.

하지만 천운백의 말대로였다. 대략 이십여 년을 함께 지내 온 사이다.

서로에 대해 너무 많은 걸 알았고, 그랬기에 천운백이 지금 내뱉은 그 말이 결코 뭔가를 확인하기 위해 해 본 말이 아니라는 건 그 역시 잘 알고 있었다.

어떻게 알게 된 건지는 알 수 없었다.

허나 이거 하나만큼은 확실했다.

이미 천운백은 많은 걸 알고 있었고, 그럼에도 불구하고 이토록 가만히 있었다는 사실.

긴 침묵 끝에 어렵게 꺼낸 천무진의 한마디.

"……언제부터 아셨습니까?"

"무엇을 말이냐? 네 기억이 돌아온 것? 아니면 네 정체가 십천야가 보내온 아이라는 것?"

천운백의 대답에서 천무진은 그가 생각보다 더 많이 알고 있다는 것을 알 수 있었다. 가장 숨겨야 하는 사실인 자신이 십천야와 연관이 있다는 것도 정확하게 알고 있었으니 말이다.

너무도 정확하게 모든 걸 알고 있는 상황에 천무진 또한 더는 감추지 않았다.

그가 말했다.

"둘 다입니다."

"네 기억이 돌아온 건 직접 만나 보고서야 알았다. 곧 이런 일이 있을 거라 어느 정도 예상은 하고 있었지. 그리고 십천야가 보내온 아이라는 걸 알았던 것이…… 언제였더라? 널 제자로 거두고 얼추 일 년 정도 됐을 무렵 같구나."

"처음부터 알고 계셨던 건 아니군요."

"그럼. 설마 그들이 그토록 어린아이의 기억까지 지워서 내게 보낼 거라고는 생각도 못 했으니까."

대답을 들으며 천무진은 더욱 의아해졌다.

그렇다면 대체 왜일까?

처음부터 정체를 눈치채고도 어딘가에 이용하기 위해 모르는 척한 것이 아니라면 대체 왜 여태까지 자신을 이렇게 키워 준 건지 알고 싶었다.

천무진이 어렵게 입을 열었다.

"그렇다면 왜…… 살려 두신 겁니까?"

천무진의 그 질문에 천운백은 픽 웃었다.

사실 지금 그가 던진 질문은 천운백 스스로가 계속해서 가져 왔던 의문이기도 했으니까.

"……글쎄. 왜일까."

잠시 창밖을 바라보던 천운백이 이내 앞에 있는 찻잔을 어루만지며 말을 이었다.

"아무렴 어떠하냐. 네가 살아 있는 것이 중요하지."

"그게 말이나 됩니까? 제가 누군지 아신다면서요? 그런데 그렇게 순순히 키워 주신 게……."

그 순간이었다.

타악!

잔을 거세게 내려놓으며 천운백이 다소 목소리를 높였다.

"죽이려 했다."

"……."

"죽이려 했단 말이다. 넌 기억 못 하셨지만 분명 난 널 죽이려 했었어."

천무진을 제자로 받아들이고 대략 일 년이 지났을 때였다. 그의 정체를 알았고 천운백은 깊은 고민에 빠졌다.

하지만 답은 하나일 수밖에 없었다.

천룡성의 제자가 적의 간자라니 있을 수 없는 일이었으니까.

몇 날 며칠을 고민했고, 결국 천운백은 결단을 내렸다. 천무진을 죽이기로.

그렇게 모든 결심을 끝낸 천운백은 평소처럼 잠자리에 드는 천무진의 인사를 웃으며 받아 줬다. 물론 그 와중에 천운백의 가슴은 찢겨져 나가는 듯이 아팠다.

어린아이다.

거기다가 제자로 거두고 일 년이나 함께 지내며 나름 정이 들어 가던 그런 아이를 자신의 손으로 죽여야만 하다니…….

쉽지 않은 결정이었지만 해야만 하는 일이기도 했다. 천룡성의 계승자인 그에게는 그만한 책임이 있었으니까.

천무진이 깊게 잠들 때까지 기다리던 천운백은 마시고 있던 술잔을 내려놓고 조용히 방 안으로 들어섰다.

'최대한 아프지 않게.'

우선은 혈도를 점할 것이고, 그 이후엔 잠에 빠져 있다가 아무런 고통도 없이 죽게 만들어 줄 생각이었다. 그것이 이 아이에게 줄 수 있는 최대한의 배려라 생각했다.

어린 천무진을 향해 손을 내뻗는 천운백의 손끝이 덜덜 떨렸다.

수천에 달하는 적을 마주했을 때도, 죽음을 목전에 두었던 위험한 순간에도 누구보다 당당했던 그다.

그런 천운백이 떨고 있었다.

그만큼 이번 일이 천운백에게는 그 무엇보다 어렵다는 방증이기도 했다.

수천 번을 고민하고 정한 일.

그럼에도 불구하고 천운백의 뻗어진 손은 더디기만 했다.

그렇게 막 힘겹게 천무진의 목에 손을 가져다 대던 천운 백의 눈에 무엇인가가 들어왔다. 그건 천무진의 머리맡에 위치한 한 장의 종이였다.

천운백은 그 순간 뭐에 홀린 듯 천무진에게 향했던 손을 종이로 뻗었다.

그렇게 펼쳐 든 종이.

종이 안에는 어린아이가 그릴 법한 그림이 그려져 있었 다. 새카만 먹물로 그려 놓은 형편없는 실력의 그림 하나.

그리고 그 안에는 웃고 있는 천운백과, 어린 천무진이 있 었다.

그 그림을 보는 순간 천운백은 울컥할 수밖에 없었다. 종이를 든 손가락이 미미하게 떨렸고, 마음이 울렁거렸 다.

털썩.

천운백은 그 자리에서 무릎을 꿇은 채 두 손으로 얼굴을 감싸 안았다.

어찌 이런 어린아이를 죽일 수 있단 말인가.

그것도 이토록 자신을 믿고 의지하는 아이를.

바닥에 무릎을 꿇은 채로 앉아 있던 천운백의 눈에 자신 의 손에 들린 그림이 다시금 박혀 들어왔다.

정말 형편없는 그림 실력이었지만……

세상 그 어떠한 그림보다 감동으로 다가왔다.

천운백은 입술을 꽉 깨물었다.

'그래, 가 보자. 어디 끝까지 가 보자.'

그날 천운백은 결정을 내렸다.

천무진을 데리고 가겠다고. 그 끝이 설령 파멸이라 할지라도.

자신을 죽이려고 했다던 사부의 일화를 간략하게 전해 들은 천무진은 침묵했다.

"……."

당시 느꼈을 천운백의 감정이 너무도 절절히 다가왔기에. 그리고 그런 그의 선택이 지금의 자신을 만들었기에.

긴 침묵 끝에 어렵사리 꺼낸 천무진의 한마디.

"계속 모른 척하시더니 왜 이렇게 나서시는 겁니까?"

"주어진 시간이 얼마 없으니까."

"그게 무슨……."

이해가 안 가는 천운백의 말에 천무진이 중얼거릴 때였다.

천운백이 자신의 주먹을 쥐며 말했다.

"모르겠느냐? 예전보다 내 힘이 많이 약해졌다는 사실을."

말과 함께 천운백은 자신의 기운을 은은하게 흘려보냈

다. 분명 그 힘은 강렬했지만…….

막상 쏟아지는 천운백의 기운을 정면에서 받은 천무진은 움찔했다.

강한 것은 분명했지만 예전 천운백의 힘에 비한다면 무척이나 약해져 있었다.

천무진이 놀란 듯 물었다.

"편찮으시기라도 한 겁니까?"

"그럴 리가. 난 어느 때보다 건강하단다."

"그렇다면 대체 왜……."

이해가 안 간다는 듯 물어 오는 천무진을 향해 천운백이 천룡성에 얽힌 이야기를 시작했다.

"그 이유는 바로 네가 환생을 했기 때문이다."

"제 환생이 사부가 약해지는 것과 무슨 연관이 있다는 겁니까?"

"인간에게 주어진 삶은 모두 평등하다. 단 한 번뿐이지. 그런데 어째서 우리는 과거로 돌아올 수 있을까? 그건 우리의 두 번째 삶은 인간의 것이 아닌 천룡의 삶이기 때문이다."

과거로 돌아올 수 있었던 건 천룡성이 지닌 힘 때문이었고, 그것에는 또 하나의 규칙이 존재했다.

그것에 대해 천운백이 설명을 이어 나갔다.

"그런 힘을 지녔으니 천룡은 한 시대에 단 하나일 수밖에 없는 법. 네가 천룡의 삶을 시작할 때부터 나의 힘은 점점 약해질 수밖에 없었다."

천무진에게서 생을 거슬러 왔다는 말을 듣기 전부터 천운백은 그 사실을 알고 있었다.

운행을 나가 있던 당시 갑자기 사라지기 시작한 천룡의 힘을 느꼈기 때문이다. 그랬기에 알았다.

천무진이 돌아왔다는 사실을.

그때부터 천운백은 본격적으로 준비를 시작한 것이다. 천무진의 이번 생이 과거와는 다를 수 있기를 바라며.

천운백의 설명을 들은 천무진이 당황한 듯 물었다.

"설마…… 곧 돌아가신다는 겁니까?"

놀란 듯 파르르 떨리는 목소리에 천운백이 웃으며 답했다.

"허허, 그걸 바라는 것이 아니었느냐?"

"그럴 리가 없잖습니까! 사부는 저한테……."

천무진이 화를 못 참고 버럭 소리를 내질렀다.

하지만 스스로 말을 내뱉고도 천무진은 움찔할 수밖에 없었다. 결국 자신의 궁극적인 목표는 천룡성을 붕괴시키는 것이었고, 그 과정에 있어 가장 큰 방해 요소는 당연히 천운백이었다.

기회가 된다면 어떻게든 죽여야 하는 상대.

그렇지만 스스로가 너무도 잘 알고 있었다.

사부가 자신에게 어떠한 존재인지를.

생각이 그렇게 미치는 그때였다.

천무진이 가슴을 움켜잡으며 짧은 비명을 토해 냈다.

"크윽."

"괜찮으냐?"

서둘러 물어 오는 천운백의 모습에 천무진이 힘겹게 고개를 끄덕였다. 그는 억지로 고통을 참으며 질문을 던졌다.

"이상한 소리 마시고 제 질문에나 답해 주시죠. 곧 돌아가시는 겁니까?"

재차 물어 오는 질문에 천운백이 작게 고개를 저으며 답했다.

"그럴 리가. 하지만 적어도 예전만큼 강한 무인이긴 어렵다는 거다. 천룡의 힘이 사라진 보통의 인간이 되는 것이니까."

물론 말이 보통의 인간이지 그의 능력이라면 천룡의 힘이 사라진다 해도 우내이십일성 이상의 힘을 뽐낼 것이 분명했다.

다만 과거에 비해 많이 약해질 것이고, 천룡성의 무공인 천룡비공의 절초를 사용하는 게 불가능해질 뿐.

천운백이 말을 이었다.

"네가 과거로 돌아오고 점점 힘이 줄어드는 걸 느끼면서 계속 기다렸다. 네 스스로 직접 세상을 느껴 보고, 또 그곳에 섞여 살아가며 답을 찾기를."

천운백이 계속 몸을 감추고 지내 온 건 그 이유에서였다.

자신의 삶을 살아 보기를 바랐기 때문이었다.

천무진의 인생은 단조로웠다. 천룡성의 무인이 되며 그 이후부터는 외부와 거의 단절되다시피 한 생활을 이어 갔다.

그건 천룡성 무인으로서 어느 정도 감내해야 할 부분이기도 했다.

그리고 그렇게 살아가던 천무진은 과거로 돌아왔고 직접 세상으로 첫발을 내디뎠다. 사람들을 만났고, 그들과 섞이며 수많은 일들과 대면했다.

그 모든 걸 스스로의 의지로 행한 것이다.

천무진이 나아가는 걸 천운백은 항상 멀리서 지켜봤다. 자신이 나타난다면 천무진을 이용하려는 십천야의 계획이 빨라질 걸 알기에 일부러 접촉을 피하면서까지.

가만히 이야기를 듣고만 있는 천무진을 향해 천운백이

물었다.

"네가 두 눈으로 직접 본 세상은 어떻더냐. 네가 살아 본 무림은 어떻더냐. 그곳이 네게…… 지옥이었느냐?"

천운백의 그 질문에 천무진은 마치 망치로 머리를 맞기라도 한 것처럼 강한 충격에 휩싸였다.

그간 보아 왔던 건 무엇일까?

처음 얻게 된 동료들, 그리고 여러 곳에서 자신을 도와줬던 잠깐의 인연으로 만난 이들까지…….

그들과 얽히고, 얽히며 생겨난 수많은 감정들.

그 모든 건 자신에게 어떠한 의미였던 걸까?

천무진이 힘겹게 입을 열었다.

"제게 바라시는 게 뭡니까?"

"바라는 거라……."

참으로 간단하면서도 어려운 질문이었다.

잠시 뜸을 들이던 천운백이 마음속 깊숙한 곳에 놔두었던 말을 꺼내었다.

"용이 되어라. 그 누구도 막을 수 없는 자유로운 한 마리의 천룡이."

천룡성이 언제나 그래 왔던 것처럼.

천무진 또한 그러기를 바랐다.

그런 진심을 담아 천운백이 말을 이었다.

"무진아, 너의 인생을 살거라."

자신의 인생을 살라는 천운백의 말에 천무진은 눈을 부릅뜬 채로 그를 바라보기만 할 수밖에 없었다.

'나의 인생⋯⋯.'

너무나 간단하면서도 한편으로는 닿을 수 없을 정도로 먼 그런 말.

천무진이 스스로에게 커다란 질문을 던지고 있는 그때였다.

천운백이 말했다.

"그래서 나는 네게 미래를 걸어 보기로 정했다. 널 죽이려 했던 그날부터 지금까지."

말을 끝낸 그가 자리에서 벌떡 일어났다.

일어난 자신을 올려다보는 천무진을 향해 천운백이 말을 이었다.

"⋯⋯따라오너라. 천룡의 남은 힘을 모두 전수해 줄 테니."

*　　*　　*

객잔에서 나온 천무진은 천운백에게 이끌려 마교 바깥으로 나섰다. 그렇게 그의 뒤를 쫓아 도착한 곳은 마교 외부에 있는 조그마한 장원이었다.

　뒤편으로는 길이 이어져 있었고, 그 끝에는 커다란 연무장 하나가 자리하고 있었다.

　먼저 연무장 안으로 들어선 천운백이 뒤편에서 머뭇거리고 있는 천무진을 향해 말했다.

　"어서 들어오지 않고 뭐 해?"

　"……진심이십니까?"

　"뭐가?"

　"제게 천룡성의 나머지 무공들을 가르쳐 주신다는 것 말입니다."

　도저히 이해하기가 어려웠다.

　자신의 정체를 알면서 계속 키워 준 걸로도 모자라, 자신의 기억이 깨어난 이런 상황에서 천룡성의 나머지 무공을 전수해 주겠다니…….

　십천야 쪽 사람이라는 걸 알면서도 어찌 이런 선택을 하는 것인지 천무진은 쉬이 납득이 가지 않았다.

　그런 그를 향해 천운백이 어서 들어오라는 듯 손짓을 하며 말했다.

　"말하지 않았더냐. 너의 인생을 살라고. 그런 상황에서 사부가 제자에게 해 줘야 할 일을 하는 것이 진심이 아니면 무엇이겠느냐?"

자신이 아는 모든 걸 전수한다.

본인의 힘으로 결정을 내리고 의지를 관철시키기 위해선 힘이 필요한 법이다.

천운백은 천무진을 믿었다.

그리고 그를 선택한 자신의 눈을 믿었다.

그랬기에 천룡성의 남은 무공을 전수하는 것에 있어 일말의 망설임조차 없었다.

참으로 우스웠다.

이런 상황에서 천운백은 아주 조금의 흔들림조차 없거늘, 바라던 바가 이루어지고 있는 천무진이 오히려 고민에 휩싸여 있었으니 말이다.

아직까지 연무장 바깥에 서 있는 천무진을 향해 천운백이 재차 재촉했다.

"어서 들어오라니까."

이어지는 천운백의 말에 결국 천무진은 연무장 위로 올라서 그에게 다가갔다.

다가온 천무진을 힐끔 바라본 천운백이 말을 이었다.

"정확한 네 상태를 한 번 확인해 봐야겠구나. 천룡무극심법의 성취는 어느 정도에 이른 것이냐?"

"얼마 전 팔성에 들어섰습니다."

"호오, 그래?"

팔성이라는 말에 천운백이 눈동자를 빛냈다.

이전부터 워낙 빠른 성취를 보이기도 했고, 한 번의 삶을 거슬러 올라왔기에 높은 실력을 지녔을 거라고는 예측했었다.

그렇지만 벌써 팔성이라니…….

더군다나 지금의 천무진은 천룡성 무공의 진정한 묘리를 배우기도 전이었다. 만약 천무진이 그것까지 완벽히 자신의 것으로 만든다면 그의 무공은 다시 한번 도약할 게 분명했다.

천운백이 감탄스럽다는 듯 말했다.

"대단하구나. 난 네 나이 정도에 오성에도 채 못 미쳤던 것 같은데……."

그러니 천무진이 가진 무인으로서의 재능에 놀랄 수밖에 없었다. 허나 놀라고만 있기엔 시간이 그리 여유롭지 않았다.

천운백이 곧바로 말을 이어 나갔다.

"너도 알겠지만 천룡성의 무공인 천룡비공은 총 아홉 개의 초식으로 이루어졌다. 그리고 그중 네게 전수해 주었던 건 일곱 개였지."

남은 두 개의 초식.

가만히 이야기를 듣고 있는 천무진에게 천운백이 말을

이었다.

"하지만 둘 중 하나만 배우면 될 게다. 그럼 나머지 하나는 저절로 따라올 테니 말이야."

"저절로 따라온다니 그게 무슨 의미입니까?"

이해가 안 간다는 듯 천무진이 되묻자 천운백이 곧장 대답했다.

"말대로다. 여덟 번째 초식을 익히는 순간 아홉 번째 초식 또한 자연히 완성된다는 거다. 마지막 초식은 특별한 능력이자, 천룡성의 근간을 이루는 힘이니까."

"설마 그게⋯⋯."

"맞다. 바로 천룡혼(天龍魂)이다."

천룡혼.

천룡비공의 마지막 초식이자, 천운백의 말처럼 천룡성의 힘을 이어 주는 근간이기도 한 초식이었다.

그것은 일반적인 초식과 달리 공격이나 방어와는 전혀 상관이 없었다.

엄밀히 따지자면 그것은 초식이라기보다는 전이대법(轉移大法)의 한 갈래라고 보면 됐다.

전이대법이란 상대의 공력을 빼앗는 흡성대법과는 반대로 자신의 힘을 상대에게 주는 무공이었다. 허나 그렇다고 해서 이 천룡혼이 일반적인 전이대법이라고 보기에는 다소 다른 점이 있었다.

일반적으로 전이대법을 사용하면 상대방에게 힘을 전해 주면서 그 본인의 진원진기를 소모하게 된다.

하지만 천룡혼은 달랐다.

천룡혼이라는 전이대법은 완성된 천룡의 힘을 상대에게 전해 주는 능력이었다. 전이대법을 펼치는 당사자의 진원진기나 여타의 피해가 없다는 소리였다.

물론 그것의 효과를 보기 위해서는 상대가 천룡성에서 처음 가르치는 요원이화심법을 완벽하게 익히고, 그다음 단계로 넘어서는 천룡무극심법 또한 사성 이상의 경지에 올라야만 가능했다.

천무진이 과거로 돌아올 수 있었던 것도 바로 이 천룡혼이라는 전이대법 덕분이었다.

천운백이 천무진에게 천룡혼이라는 전이대법을 사용했고, 그로 인해 그는 한 번 더 삶을 살 수 있는 기회를 얻었던 것이다.

그리고 바로 이 천룡혼이 현재 십천야를 이끄는 천지광이 원하는 진짜 힘이기도 했다.

천운백은 엄청난 무인이었지만 사실 천지광은 그가 그렇게 두렵지 않았다. 결국 그는 혼자였고, 자신은 수많은 수하들을 거느린 십천야의 수장이었으니까.

천운백의 위치만 파악할 수 있다면 엄청난 인원을 투입해서라도 그를 죽이는 것이 불가능한 일은 아니었다.

그럼에도 불구하고 오랜 시간 그를 놔두고 있었던 건 자신이 심어 놓은 천무진을 통해 이 천룡혼의 힘을 얻어 내기 위함이었다.

그래야만 자신이 새로운 삶을 살 수 있었으니까.

천룡혼에 대한 짧은 설명을 마친 천운백의 눈동자는 진지하게 변해 있었다.

"그렇다면 천룡비공의 실질적인 마지막 초식을 가르쳐 주도록 하지."

천운백이 차고 있던 검을 풀어 손에 움켜쥐었다.

그가 깊게 숨을 들이마셨다.

마지막 초식인 천룡혼은 전이대법으로 봐야 했으니, 실질적인 천룡비공의 절초.

우우우웅!

검에서 맑은 검명이 흘러나왔다.

동시에 검 주변으로 피어오르는 아지랑이와도 같은 형태의 기운들.

울기 시작한 검에서 피어난 묵직한 힘이 천운백을 내리눌렀다. 검은 당장이라도 깨어질 것처럼 울어 댔고, 그걸 쥐고 있는 천운백의 안색 또한 점점 새하얗게 질리기 시작했다.

전신의 뼈가 아려 왔다.

하지만 반드시 해야만 하는 일이었기에 천운백은 그런 고통을 억눌렀다.

그가 말했다.

"잘 보거라. 이것이 아마도 내가 네게 이 초식을 보여 줄 수 있는 마지막 기회일 테니."

천룡의 힘이 거의 모두 사라진 지금.

이 절초를 쓰는 건 아마도 이번이 마지막이 될 것이다. 천무진을 위해 모든 내력을 쥐어짜며 남겨 놓았던 한 줌밖에 안 되는 천룡의 힘.

밀려드는 힘을 검에 집중시키며 천운백이 재차 말했다.

"그 자리에서 절대 움직이지 말거라. 그리고 눈을 감아서도 안 된다."

천운백의 경고에 천무진 또한 저절로 집중력을 끌어올리던 바로 그 찰나.

번쩍!

천운백이 움직였다.

동시에 세상이 뒤흔들렸다.

천무진은 멍하니 선 채로 앞만을 바라보고 있었다.

그것은 하나의 폭풍이었다.

주변을 훑고 지나간 그 무수히 많은 공격들 속에서 천무진은 꼼짝도 하지 않았다. 검이 연신 자신을 향해 밀려들었고, 그 공격 하나하나가 심장을 꿰뚫을 것만 같이 섬뜩했다.

그렇지만 움직이지 않았다.

움직이는 천운백의 검에 말려드는 순간 자신의 몸이 조각조각 날 것을 알았기 때문이다.

설령 지금 천운백이 자신을 죽이려 했다고 해도 천무진은 막아 내지 못했을 게다.

그만큼…… 위력적이었다.

천무진의 발 바로 앞에서부터 사방으로 퍼져 나간 균열들은 이 커다란 연무장을 아예 가루로 만든 걸로 모자라, 커다란 전쟁터를 연상케 할 만큼 폐허로 만들었다.

움푹 파진 땅은 성인 장정들이 들어가도 보이지 않을 정도로 깊었고, 그것은 지금 펼쳐진 초식이 얼마나 위력적인지를 말해 주는 단면이었다.

인근에 있는 모든 걸 쓸어 버린 파괴적인 일격.

여태 천무진이 펼쳤던 천룡비공의 다른 초식들 또한 파괴력으로는 어디 가서 둘째가라면 서러울 정도라 자부했지만 지금 천운백이 펼친 초식을 보는 순간 그 자신감은 거짓말처럼 사라질 수밖에 없었다.

놀란 듯 발밑을 바라보는 천무진의 귓가로 천운백의 힘겨운 목소리가 들려왔다.

"이것이 바로 천룡비공의 절초…… 천추나락(天墜奈落)이다."

말을 끝낸 천운백은 손에 쥐고 있던 검을 허리에 찼다. 그러고는 이내 한결 개운하다는 듯 힘겹게 굽히고 있던 몸을 쭉 펴며 길게 기지개를 켰다.

그가 투덜거리듯 말했다.

"휴우, 이거야 원 나이를 먹으니 몸도 말을 듣질 않는구나. 그래도 절초를 네게 보여 줬으니 이제 내가 할 일은 다 한 것 같아 마음은 한결 편하군그래."

천룡성의 무공이 끊이지 않고 이어 나가게 하는 것 또한 문주로서 해야 할 중요한 일이었다.

그걸 잘 끝마친 것 같아 천운백은 마음의 짐 중 하나를 던 듯한 느낌이었다.

천운백이 아직도 멍하니 있는 천무진을 향해 질문을 던졌다.

"어떠냐? 직접 본 소감이?"

"……무슨 말을 해야 할지 모르겠습니다."

천무진의 반응에 천운백은 피식 웃었다.

자신 또한 예전에 이 초식을 처음 보고 무척이나 놀랐었던 기억이 떠올라서다. 그때 자신이 보인 반응도 지금의 천무진과 비슷했다.

눈으로 보고도 믿기 어려웠고, 또 한편으로는 두렵기까지 했었다.

이런 무공을 자신이 익히고 펼치게 된다는 사실에.

놀란 듯 여전히 굳은 채 서 있는 천무진에게 천운백이 말했다.

"내공의 흐름이나 이런 부분에 있어서는 조언을 해 줄 수 있겠지만 그뿐이다. 말했다시피 천룡의 힘이 사라지는 바람에 더는 이 천추나락의 초식을 보여 줄 수 없을 게다. 지금 본 것을 머리에 담고 스스로 완성시켜야만 할 게야. 자신…… 있느냐?"

스스로 이 초식을 완성시켜야 한다며 자신 있냐 묻는 그 질문에 잠시 머뭇거리던 천무진은 곧 고개를 끄덕였다.

그런 천무진의 모습에 천운백은 흡족한 미소를 지어 보였다.

힘들 것이다.

그렇지만 확신한다.

자신의 제자는 반드시 해낼 거라는 걸.

천무진은 자신을 향해 계속해서 따뜻한 미소를 보이고 있는 천운백을 보며 마음이 아파 왔다.

자신은 모든 기억을 되찾아 변해 버렸거늘 놀랍게도 천운백은 그 사실을 알면서도 하나 변한 것이 없었다. 모든 걸 알면서도 오히려 더 많은 걸 줄려고 하고 있다.

천무진이 말했다.

"전 배신할지도 모릅니다."

"괜찮다."

"이 무공이 사부님을 향할 수도 있습니다."

"괜찮대도."

연신 괜찮다고 말해 오는 천운백.

그걸 바라보던 천무진의 감정이 폭발했다.

손으로 자신의 얼굴을 감싸 쥔 천무진이 괴롭다는 듯 입을 열었다.

"……제가 안 괜찮습니다, 사부님."

하고 싶지 않다고 생각하면서도 어릴 적 머리에 새겨진 그 명령에 따라 움직이게 되는 것.

그렇다면 저번 생과 과연 뭐가 다르단 말인가?

오히려 정신이 똑바르기에 더욱 슬펐고, 그래서 더 한심했다.

어릴 적 머리에 새겨져 버린 금제에 가까운 섭혼술.

그의 영혼은 이미 천지광에게 잡혀 있었고, 그것은 제아무리 뛰어난 능력을 지닌 천무진이라 해도 가볍게 벗어날 수 있는 것이 아니었다.

자신의 얼굴을 감싸 안고 있는 천무진에게 다가간 천운백이 천천히 손을 뻗었다.

그의 손이 괴로운 듯 고개를 숙이고 있는 천무진의 어깨에 닿았다.

천운백이 다독이며 말했다.

"힘들겠지만 이겨 내거라. 그리고 네 스스로 선택해라. 그것이 어떠한 길이든 상관없다. 설령 그게…… 나와는 반대되는 길이라고 해도. 그것이 너의 선택이라면 나는 괜찮다."

이것은 진심이었다.

천무진이 십천야가 원하는 인생을 선택해도 좋았다.

자신이 생각하는 것과는 전혀 다른 인생을 산다고 해도 상관없었다.

그게 어떠한 것이 되었든 간에 그저 그 선택을 스스로의 의지로 정했다면 말이다.

이제 천운백은 모든 것을 다했다.

남은 건 오로지 천무진의 몫이었다.

천룡성의 마지막 절초를 전해 주었고, 천룡의 힘마저 잃어버린 지금.

천운백이 말했다,

"오늘부로 천룡성의 주인은 바로 너다."

천룡성의 주인이 바뀌었다.

4장. 연인
— 보여 주고 싶은 게 있어서

"다들 들으셨습니까?"

큰 외침과 함께 한천이 헐레벌떡 안으로 뛰어 들어왔다. 갑작스러운 그의 호들갑에 방 안에 함께 있던 천무진과 백아린이 시선을 돌렸다.

이내 백아린이 물었다.

"무슨 일인데?"

"단엽이 대홍련 련주 자리에 올랐답니다."

애초에 단엽이 이곳을 떠날 때부터 대홍련의 련주가 될 거라는 사실은 알고 있었다. 하지만 그건 어디까지나 그들끼리의 이야기였고 지금 가져온 소식은 정식으로 대홍련

쪽에서 알려온 것으로, 정말로 실질적인 련주가 되었다는 의미였다.

거처를 떠난 지 그리 오랜 시간이 지나지 않은 상황에서 들려온 소식.

백아린이 웃으면서 중얼거렸다.

"엄청 급했나 보네. 속전속결로 처리하는 걸 보니."

하루라도 빨리 대홍련의 일을 정리하고 돌아오겠다던 단엽이다. 그런 자신의 말을 증명이라도 하려는 듯이 벌써 대홍련 내부를 장악하기 시작한 모양새였다.

어지간히도 빨리 돌아오고 싶구나 생각하고 있던 찰나, 천무진이 그녀에게 질문을 던졌다.

"귀문곡 일은 어떻게 되어 가고 있어?"

귀문곡의 곡주가 죽고, 그곳의 주요 거점들은 완전히 파괴된 상황이다. 백아린은 그 상태의 그들을 적화신루의 휘하에 흡수하기 위해 백방으로 노력했다.

바삐 움직인 덕분에 이제는 귀문곡의 상당 부분이 적화신루의 손아귀에 들어온 상황.

집어삼킨 귀문곡을 완벽하게 받아들여 운영하기 시작한다면 적화신루는 중원에서 독보적인 정보 단체로 거듭나게 될 것이다.

현재 가장 뛰어난 정보력을 지닌 개방조차도 그들 아래

가 될 테니까.

백아린이 답했다.

"칠 할 정도는 흡수했어요. 나머지 삼 할도 그리 긴 시간이 걸리지는 않을 것 같고요. 다만 이들을 적재적소에 다시 재배치하는 것에는 다소 시간이 걸리겠지만…… 짧게는 세 달, 길게는 반년 정도면 완벽하게 마무리될 것 같아요."

"……잘됐네."

천무진이 어렵게 대답했다.

귀문곡을 흡수하는 건 백아린이 원하던 일이었다.

그것이 잘 진행되어 가는 건 분명 천무진에겐 기쁜 일이었지만 하나 걸리는 것이 있었다.

바로 십천야다.

그들은 귀문곡이 백아린의 손에 들어가는 걸 원치 않는다. 애초에 귀문곡은 십천야의 것이었고, 점점 숨통을 조여 오는 적화신루의 존재를 달갑지 않게 여기고 있었다.

그랬기에 얼마 전 매유검을 만났던 당시 그가 은근슬쩍 경고도 하지 않았는가. 적당히 날뛰라고, 그렇지 않으면 그냥 두고 보기는 어렵다며 말이다.

백아린이 계속 계획대로 나아간다면 결국 십천야는 움직일 것이다.

그녀를 제거하기 위해서.

그리고 그건 천무진이 바라는 바가 아니었다.

서로가 각자의 길에서 나아가고 있는 지금, 오직 자신만이 뒷걸음질 치고 있다는 사실에 못내 마음이 복잡했다.

생각이 복잡해져 가던 찰나 백아린이 물었다.

"그런데 요즘 어디를 그렇게 다녀요?"

"아······."

천운백을 통해 천룡비공의 절초를 전수받았다.

그리고 그걸 익히기 위해 천무진은 매일 같이 하루의 절반 가까이를 외부에서 보냈다. 하지만 이건 아직까지 비밀리에 진행되어져 가는 일이다.

그랬기에 천무진은 간단하게 말을 돌렸다.

"사부님을 좀 뵙느라고."

"사이가 엄청 좋은가 봐요?"

"······날 키워 주신 분이니까."

그 말과 함께 잠시 침묵하는 천무진을 향해 백아린이 장난스럽게 얘기했다.

"하, 갑자기 궁금한데요. 어릴 때의 당신이라니."

"뭐 별다를 건 없어. 지금이랑 거의 비슷할걸?"

천무진의 그 말에 물끄러미 그를 바라보던 백아린이 갑자기 피식 웃었다. 뭔가 묘한 그 웃음이 맘에 안 든다는 듯 천무진이 따져 물었다.

"뭐야 그 웃음은?"

"아뇨, 그냥 지금 당신 그대로 작아졌다고 생각하니까 그것도 뭔가 귀여울 것 같아서요."

백아린의 그 말에 천무진이 당황스럽다는 표정을 지어 보였지만, 사실 그보다 더욱 크게 반응하는 이가 있었으니 바로 한천이었다.

그가 구석에서 못 볼 걸 봤다는 표정을 지어 보이며 목을 벅벅 긁어 댔다.

한천이 투덜거렸다.

"거, 공공장소에서 애정 행각은 자제 좀 합시다. 짝 없는 사람은 어디 서러워서 살겠나."

"언제는 내 배필을 찾아 줘야겠다고 난리더니 이제는 또 연애한다고 난리네."

"그거야 우리 대장이 이렇게 닭살 돋는 사람인 걸 몰랐으니까 그렇죠."

"뭐?"

백아린이 눈을 부라리고 한천이 서둘러 딴청을 부리는 평소와도 같은 일련의 상황들이 벌어지고 있을 때였다.

창문을 통해 바깥을 슬쩍슬쩍 확인하던 천무진이 갑자기 자리에서 일어났다.

"백아린."

"네?"

"잠시 적화신루에 같이 가 줬으면 좋겠는데. 급히 의뢰할 게 있어서."

"의뢰할 거라뇨? 급한 거 아니면 제게 전달만 해 두시면 이따가……."

그때였다.

천무진이 슬쩍 눈짓으로 한천을 가리키며 뭔가 의미심장한 눈빛을 보냈다.

그러고는 이내 그가 말을 이었다.

"아니, 직접 다녀오는 게 나을 것 같아서."

"……그럼 그러죠, 뭐."

백아린이 눈치 빠르게 천무진의 신호에 반응했다.

얼마 전 두 사람은 어딘가를 함께 가기로 약속했었다.

하지만 그 이후에 한천은 어디 나갈 거면 자기도 데리고 가라며 들러붙었고, 그걸 알기에 슬쩍 그만 떼 놓고 움직이려는 속셈이었던 것이다.

다른 곳도 아닌 적화신루에 간다고 하면 일을 싫어하는 그로서는 절대 따라나서지 않을 거라는 계산이 있어서였다.

백아린이 한천을 향해 말했다.

"부총관, 우리 적화신루에 다녀올게."

"그러시죠."

순순히 대답하는 한천의 모습에 백아린은 애써 입가에 지어지는 미소를 감춘 채로 빠르게 천무진 옆으로 다가갔다.

"가죠."

말과 함께 두 사람이 후다닥 방을 빠져나갔다.

그렇게 두 사람이 사라진 방 안에 혼자 남은 한천은 벽에 기댄 채로 손에 들린 서책을 뒤적였다.

그러던 그가 이내 픽 웃으며 중얼거렸다.

"하여튼 티들을 너무 낸다니까."

*　　　*　　　*

두 사람은 손을 잡고 걸었다.

날씨는 제법 쌀쌀했지만 그래도 맞잡은 손에서 느껴지는 서로의 온기에 두 사람은 추위를 느끼기 어려웠다.

손을 잡고 걷는 두 사람은 이런저런 이야기들을 나눴다.

천무진의 사부인 천운백의 이야기를 하다 나와서인지 두 사람은 유독 어린 시절에 대한 추억들을 끄집어냈다.

대부분이 유쾌하고 즐거운 이야기들이었고, 두 사람은 연신 웃으며 계속해서 목적지로 나아갔다.

그렇게 한참을 어딘가로 향하던 도중 천무진이 입을 열었다.

"조금 빨리 가야겠는데."

"왜요? 시간이 상관있는 곳이에요?"

"뭐…… 그렇지."

"대체 어디기에 그래요."

"그건 곧 가서 보면 알 테니까 그때까지만 참아 달라고."

"에잇, 궁금한 거 잘 못 참는데."

불만이라는 듯 투덜거리던 백아린이 이내 환하게 웃으며 천무진의 어깨를 툭툭 쳤다.

그녀가 말했다.

"특별히 당신이니까 봐줄게요."

백아린의 그 장난기 어린 모습에 천무진은 픽 하고 웃음을 터트렸다. 그러고는 이내 쥐고 있던 손을 더욱 꽉 움켜잡고는 그녀에게 말했다.

"달리자고."

말을 끝낸 천무진은 백아린의 손을 잡은 채로 달리기 시작했다. 두 사람은 순식간에 마교 외성 한쪽에 있는 장소에 도착할 수 있었다.

목적지를 확인한 백아린은 놀란 듯 눈을 동그랗게 떴다.

"어?"

두 사람이 다다른 곳은 조그마한 나루터였는데, 이곳은 마교 외성 내부에 위치한 호수 위를 떠다니는 놀잇배를 타는 곳이었다.

이건 생각지도 못한 일이었는지 백아린이 물었다.

"배 타려고요?"

"응, 시간 없으니까 서둘러."

말과 함께 천무진은 곧바로 옆에 있는 사공에게 돈을 지불하고는 그대로 그 나룻배에 올라탔다.

배 위에 선 그가 아직까지 그 자리에 서 있는 백아린을 향해 몸을 돌린 채로 말했다.

"뭐해? 어서 타라고."

말과 함께 천무진은 그녀를 향해 손을 내밀었다.

백아린은 천무진이 내뻗은 그 손을 물끄러미 바라봤다. 사실 그녀 정도 되는 무인에게 이런 흔들리는 나룻배 위에 오르는 것이 일도 아님을 그가 모를 리가 없었다.

그럼에도 불구하고 뻗어 준 이 손.

그 안에 담긴 그녀를 위하는 마음을 느낄 수 있었기에 백아린은 행복한 미소를 지었다.

스윽.

천무진의 손바닥 위에 자신의 손바닥을 겹쳐 놓은 백아린은 그의 도움을 받으며 나룻배 위에 올라섰다. 그녀가 자리에 앉으며 말했다.

"배를 탈 줄은 몰랐는데…… 그런데 왜 급하다고 한 거예요? 배 시간은 아직 한참 남았잖아요."

"보여 주고 싶은 게 있어서. 잠시만."

말을 마친 천무진은 준비를 마치고 배 위에 올라타려는 뱃사공을 향해 괜찮다는 듯 손을 들어 보였다. 그러고는 짧게 말했다.

"이 배는 내가 몰겠소."

"아, 예. 알겠습니다."

마교 외성에 위치한 곳이다 보니 자연스레 무인들이 찾는 경우가 많았고 또한 이렇게 직접 배를 움직이는 일도 더러 있었다.

말을 끝낸 천무진은 자리에 앉아 노를 젓기 시작했다. 노를 젓는 것에 익숙하지는 않았지만, 무인인 천무진이 조금의 내력을 불어넣자 배는 무서울 정도로 빠르게 뻗어져 나갔다.

맞은편에 앉아 있던 백아린이 주변의 배들을 빠른 속도로 추월해 나가는 모습에 웃음을 터트렸다.

"뭐예요? 우리 경주라도 하는 거예요?"

"시간이 없어서 그래."

말과 함께 천무진은 계속 빠르게 노를 저었고, 그러다 배가 호수 가운데쯤 위치했을 때였다. 움직이던 손을 멈춘 천무진이 이내 자리에서 일어나 백아린의 옆으로 다가와 앉았다.

물을 가르던 노질이 멈추자 순식간에 주변은 자그마한 물소리만 들릴 정도로 고요해졌다.

백아린은 자신의 옆으로 다가와 앉은 천무진을 바라보며 물었다.

"여긴 왜요?"

"말했잖아. 보여 주고 싶은 게 있다고."

"여기서요?"

백아린이 의아하다는 듯한 표정을 지어 보였다. 호수의 한가운데 위치한 곳. 주변에 보이는 거라고는 온통 물뿐인데⋯⋯.

그때 천무진이 한쪽을 손으로 가리켰다.

"저기."

천무진의 말에 아무렇지 않게 고개를 돌리던 그때였다. 그의 손가락이 향한 곳을 바라본 백아린의 입에서 자신도 모르게 탄성이 터져 나왔다.

"아!"

태양이 조금씩 떨어지면서 태양과 가까워지는 호수의 수면과 그 일대에 주황빛 노을이 일렁였다. 마치 호수 안으로 태양이 빨려 들어가는 것만 같은 장관이었다.

세상이 온통 주황빛과 노란빛으로 물들었고 그 위에 잔잔한 물결이 흔들렸다.

백아린은 멍하니 그 아름다운 광경을 바라보고 있었고, 천무진은 그런 그녀의 옆모습을 응시했다.

이렇게 함께 있는 지금이 무척이나 좋고 즐거웠지만 천무진의 마음은 마냥 편하기만 할 수가 없었다.

'차라리 기억을 떠올리기 전에 왔다면 좋았을 텐데…….'

백아린에게 일이 생기는 바람에 이곳에 오려던 일정이 밀렸고, 결국 이렇게 자신의 정체를 기억해 낸 후에야 오게 된 것이 내심 아쉬웠다.

잠시 떠오르는 복잡한 상념을 천무진이 고개를 저어 떨쳐 냈다.

적어도 지금만큼은 그런 생각을 하고 싶지 않았으니까.

천무진이 말했다.

"마교에서 손꼽히는 명소라고 해서 언젠가 함께 와 보고 싶었어. 대단한 건 아닌데 너무 기대를 하게 한 것 같아서 미안하군."

"……아니에요. 너무 좋은걸요. 고마워요. 평생 기억에 남을 선물을 해 줘서."

말을 마친 백아린이 슬그머니 천무진의 어깨에 머리를 기댔다.

태양은 점점 물속으로 잠기는 것처럼 사라지고 있었고, 두 사람은 그 광경을 말없이 바라보기만 했다.

그리고 얼마 지나지 않아 천무진과 백아린은 서로 고개를 돌려 상대를 바라봤다.

노을이 지고 있는 호수 위.

순간 누가 먼저라고 할 것도 없이 두 사람이 움직였다.

천무진이 부드럽게 백아린의 등을 감쌌고, 동시에 반대편 손으로는 그녀의 턱을 살짝 올려 위로 향하게끔 했다.

동시에 천무진의 입술이 백아린의 입술에 닿았다.

두 사람의 첫 입맞춤과 함께 노을이 서서히 주변을 물들였다.

*　　*　　*

천무진은 죽을 맛이었다.

"헉헉."

자리에 벌렁 드러누운 그가 거칠게 숨을 내쉬었다. 천룡비공의 절초인 천추나락을 익히기 위해 천무진은 매일같이 이곳을 찾았다.

천추나락.

단 한 번 눈으로 보았을 뿐이지만 그 위력은 상상 이상이었다.

천운백을 통해 내공의 흐름에 대해 전해 들었고, 그 이후부터는 오롯이 천무진 혼자 해야 하는 싸움이었다. 오늘도 언제나처럼 수십여 번의 시도를 했지만, 결과는 계속해서 실패로 돌아갔다.

그 탓에 소모된 막대한 양의 내공과 지친 육신을 버티지 못한 천무진이 잠시 바닥에 널브러져 있었던 것이다.

그렇게 바닥에 누워 있는 천무진으로부터 그리 멀지 않은 곳.

거기에는 천운백이 자리하고 있었다.

나무와 나무 사이에 커다란 천을 이용해 누울 장소를 만든 그는 허공에 대롱대롱 매달린 상태였다. 편안한 자세로 누운 그는 손에 들린 과일을 먹으며 쓰러져 있는 천무진을 향해 혀를 내둘렀다.

"쯧쯧, 벌써 지친 게냐?"

자신을 향해 놀리듯 말하는 천운백의 모습에 쓰러져 있던 천무진이 슬쩍 상체를 일으킨 채로 퉁명스레 말했다.

"지금 제자는 이렇게 죽어 가는데 그게 입에 들어가십니까?"

"왜, 이놈아. 옛날 생각도 나고 좋은데. 요새 영 재미없지 않았느냐. 더 가르칠 것도 없어서 널 괴롭힐 일도 없었고."

"……성격이 너무 이상하신 거 아닙니까?"

"이상하긴! 이상한 건 지금 네 녀석의 모양새다. 시간이 얼마가 지났는데 아직도 제자리걸음이냐. 그거 알고 있느냐? 오늘이 벌써 열흘째다. 난 말이다, 나의 스승님이 천추나락을 보여 주고 열흘 만에 흉내를 내는 정도에 성공했었다. 그런데 지금 네 녀석은 뭐냐?"

천운백의 그 말에 오기가 생겼는지 천무진이 자리에서 몸을 일으켜 세웠다.

그리고 이내 통명스러운 말투로 답했다.

"앞질러 보일 테니 기다리시죠."

악에 받친 듯 다시금 천인혼을 들어 올리는 천무진의 모습을 보며 천운백은 남몰래 미소를 흘렸다.

이런 광경은 참으로 오랜만이었으니까.

천무진에게 한창 무공을 가르쳐 주던 때와는 달리 최근 들어서는 그에게 특별한 무엇인가를 전수할 일이 없었다. 이미 대다수의 것을 가르쳤기 때문이다.

그랬기에 종종 옛날의 그를 가르치던 순간을 그리워하곤 했었는데…….

힘겹게 몸을 일으켜 세운 천무진의 몸 주변으로 조금씩 내공의 흐름이 요동쳤다. 지친 기색이 역력한 얼굴, 하지만 그럼에도 불구하고 눈동자는 여전히 흔들림 없이 강인했다.

천무진은 끌어올린 기운을 천인혼에 담았다.

천운백에게 들은 것처럼 내공을 움직였고, 동시에 몸 안에 있는 힘을 폭발시켰다.

하지만…….

"큭!"

비틀거리던 천무진이 천인혼을 땅에 박아 넣으며 힘겹게 몸을 지탱했다. 터져 나가야 할 힘이 제 방향을 찾지 못하며 오히려 몸 안에 큰 충격을 가져다줬다.

"우웩."

입을 통해 피가 터져 나왔고, 천무진은 손등으로 입가를 닦아 냈다.

속이 진탕이 되며 머리가 어질어질했다.

하지만 천무진의 눈동자에 맺힌 독기는 사그라질 줄을 몰랐다.

'시간이…… 얼마 없어.'

천무진에게는 그리 긴 여유가 없었다.

어르신이 자신의 기억을 되돌렸고, 곧 연락이 올 것이다.

그러면 천무진은 십천야로서 자신의 임무를 해야 할지도 몰랐다.

그것은 곧 이곳을 떠나야 한다는 소리였고, 천무진은 그렇게 되기 전에 천운백에게 천룡비공을 완성시키는 모습을 보여 주고 싶었다.

허리를 곧추세운 천무진이 다시금 천인혼을 들어 올렸다.

'다시 간다.'

이렇게 머뭇거릴 틈이 없었으니까.

그렇게 몇 차례 더 실패를 거듭한 천무진이 비틀거리다 힘겹게 몸의 균형을 잡았다.

손과 다리가 미친 듯 떨렸고, 검을 쥘 힘조차 남아 있지 않았다. 하지만 그 와중에도 천무진은 자세를 잡았다.

이제 그만하는 것이 어떻겠냐는 말이 목구멍까지 치밀었지만 천운백은 차마 입을 열지 못했다.

지금 그런 말을 한다는 것은 큰 실례가 될 거라 느껴질 정도로 천무진은 진지했으니까.

천무진이 쥐고 있던 천인혼을 비스듬히 움직였다.

그의 머릿속은 오로지 내공의 흐름만으로 가득했다.

'기의 시작은 충문혈(衝門穴)에서부터. 이후 천추, 황유

기문을 따라⋯⋯.'

천룡무극심법을 통해 닦아 놓은 혈도를 부드럽게 감싸 안으며 내공이 흘러내렸다. 최대한 빠르게, 하지만 그러면 서도 흔들리는 버드나무처럼 부드러우며 강렬하게.

수많은 조건들이 하나가 되어 가며 천무진의 몸 주위로 미지의 기운이 뿜어져 나오기 시작했다.

꿈틀거리는 기운이 점점 하나의 형상이 되며 천무진에게 밀려드는 그때였다.

여전히 자리에 누워 천무진의 상황을 모르는 척 곁눈질 하고 있던 천운백이 자신도 모르게 소리를 토해 냈다.

"흐음."

다르다.

여태까지와 비슷하면서도 본질적으로 큰 차이를 보이고 있었다.

순간 천인혼이 움직였다.

파앙!

하지만 그 힘은 앞으로 쏟아져 나오지 못했고, 오히려 반 탄력으로 인해 검을 휘두른 천무진의 몸이 뒤편으로 밀려 나가며 바닥에 처박혔다.

"컥컥!"

그가 거친 소리와 함께 바닥에 나뒹굴었다.

명백한 실패.

그런데…….

벌떡!

나무 사이에 연결해 놓은 간이 침상에서 벌떡 일어선 천운백의 눈동자가 미미하게 떨리고 있었다.

자신은 열흘 만에 흉내를 내는 데 성공했다고 말했지만 사실 그건 농담이었다. 현실적으로 그건 불가능하다는 걸 잘 알고 있었다.

다른 것도 아닌 천룡성의 절초다.

그리 쉽게 그 안에 담긴 묘리를 이해한다는 것은 애초에 말이 되지 않았다.

그저 그런 식으로 천무진을 도발한다면 그가 더욱 열의를 낼 거라는 사실을 알았기에 그리 말한 것뿐이다.

그런데 천무진은 자신의 그 농담을 현실로 만들어 버렸다.

천운백이 자신도 모르게 중얼거렸다.

"괴물 같은 녀석."

분명 이건 시작에 불과했고 아직 가야 할 길은 멀었다.

하지만 다시금 일어서서 아까와 같은 방식으로 기운을 끌어모으기 시작한 천무진의 모습을 보며 천운백은 알 수 있었다.

'문턱을…… 넘어섰구나.'

*　　　*　　　*

십천야를 이끄는 천지광의 거처.

그곳으로 오늘 십천야들이 모여들었다.

그 모든 건 곧 있을 중요한 거사를 위해서였다.

반조와 주란.

그리고 화산파의 자운.

마지막으로 천무진을 만나러 갔던 매유검까지 돌아오며 이 자리에는 남은 십천야들 전원이 자리하게 됐다. 단 한 명, 천무진을 제외하고는.

자운은 자신의 맞은편에 자리한 매유검을 보며 불편한 표정을 지어 보였다.

십천야들끼리도 은근히 적대심을 드러내는 경우가 있긴 했지만, 저자는 정도가 심했다. 매유검은 모두와 사이가 좋지 않았고, 대놓고 시비를 걸어 댔다.

당연히 자운 또한 매유검을 좋아할 리 만무했다.

자운이 퉁명스레 입을 열었다.

"오랜만이군."

"……"

"어이, 사람이 말을 걸었으면……."

"시끄러워. 머리 복잡하니까."

귀찮다는 듯 대꾸하는 매유검의 모습에 자운의 얼굴이 새빨갛게 변했다. 원래부터 좋은 감정은 없었지만 지금 그의 태도는 자운의 심기를 매우 불편하게 만들기 충분했다.

"매유검!"

버럭 소리를 내지른 자운의 몸에서 살기가 뿜어져 나왔다. 그러자 매유검이 여전히 장포를 뒤집어쓴 채로 힐끔 그를 바라보며 입을 열었다.

"왜? 해보게?"

"못할듯싶더냐."

자운 또한 지지 않고 받아쳤다.

그러자 매유검이 허리에 찬 검을 뽑아 들며 입을 열었다.

"잘됐네. 네놈의 그 고생 하나 모르는 것 같은 낯짝이 내내 맘에 안 들었거든."

자운이 마찬가지로 검을 뽑아 들며 심상치 않은 분위기를 만들어 내는 그때.

상황을 보고만 있던 반조가 눈을 감으며 소리쳤다.

"그만들 못해!"

"반조, 네가 어르신의 총애를 좀 받는다고 우리들의 대장처럼 구는데……."

자운이 그간 쌓여 왔던 불만을 쏟아 내려던 때였다.

쿵.

그들의 앞에 자리하고 있는 휘장 안쪽에서 문이 열리는 소리가 들렸다. 결국 살기를 쏟아 내던 매유검과 자운은 검을 거둬야만 했다.

동시에 이곳에 자리한 네 명의 십천야들이 휘장 쪽으로 무릎을 꿇었다.

십천야의 우두머리인 어르신.

천지광의 등장이었다.

휘장 안쪽에 자리하고 있던 의자에 몸을 실은 그가 말했다.

"소란스럽군."

"죄송합니다, 어르신."

"됐다."

반조의 사과에 천지광이 상관없다는 듯 말을 끊었다.

어차피 이들끼리 사이가 좋기를 바라지는 않는다. 그저 자신의 명령을 충실히 따라 주기만 한다면 서로를 헐뜯고 미워하고 이런 것 따위는 전혀 상관없었으니까.

천지광이 말을 이었다.

"오랜만이구나. 모두가 이렇게 한자리에 모인 것은. 뭐…… 몇 개의 공석이 생겼지만 말이다."

네 명의 십천야들이 천무진과, 그의 일행들에게 죽었다.

그로 인해 십천야 내부에서도 많은 전력 누수가 있었다. 단순히 그들이 죽는 것으로 끝이 아니라 그로 인해 그 아래에 거느리고 있던 세력들이 갈가리 찢겨 나간 것이 문제였다.

그리고 개중 가장 큰 문제는 역시나 정보 단체인 귀문곡이었다.

천지광이 물었다.

"귀문곡은?"

"……아무래도 수습이 어려울 것 같아요."

주란이 조심스레 대꾸했다.

십천야의 일원이자 곡주인 상무기가 죽고, 십천야 쪽에서 심어 둔 핵심 인물들 중 상당수가 죽어 버리는 피해를 입었다. 하지만 문제는 그것으로 끝난 게 아니라는 점이었다.

그 이후로 적화신루가 개입하며 빠르게 귀문곡을 집어삼키고 있었다.

아직까지는 무림에 전면으로 모습을 드러내지 못하는 십천야의 입장에서는 그런 적화신루를 밀어내는 것이 그리 간단하지 않았다.

대충 상황을 알고 있는 천지광이었기에 긴 설명을 듣지 않아도 얼추 어떤 일이 벌어졌는지 짐작할 수 있었다.

천지광이 불편한 어투로 말했다.

"염두에 두지도 않았던 적화신루라는 날파리들이 일을 번거롭게 만드는군."

"이대로 두실 생각이신가요?"

"그럴 순 없지. 다만 아직은 아니다."

천무진의 기억을 되돌렸고, 동시에 어릴 때부터 그에게 걸어 둔 금제 또한 다시 시작된 상황이다. 그렇게 천무진은 자신이 편이 되었지만 그렇다고 해서 그의 주변 인물들을 벌써 건드릴 생각은 없었다.

십천야들에게도 밝히지 않은 진짜 천지광의 목표는 천룡성이 지닌 환생의 힘.

그것만 얻을 수 있다면 사실 이번 생의 모든 것들이 망가진다 해도 상관없었다. 자신은 시간을 거슬러 올라가 새로운 삶을 살면 그만이니까.

이번 생에서 이렇게 십천야를 만들고 수많은 일들을 벌여 온 모든 건 다음 생을 위한 준비에 불과했다. 그리고 천룡성의 힘을 손에 넣고, 또 천운백의 방해를 견제하기 위해서이기도 했다.

어차피 새로운 삶을 시작하는 순간 모두 사라질 모래성

과도 같은 존재들.

　그랬기에 천지광은 그 모든 것에 큰 욕심이 없었다.

　자신이 원하는 진짜 목적만 이룰 수 있다면.

　천지광이 물었다.

　"천운백과 천무진의 상황은?"

　"우리의 예상대로 무공을 전수하고 있는 듯싶어요. 조만
간 천무진에게서 정확한 정보가 올라올 것 같고요."

　"……그래?"

　무공을 전수하고 있는 것 같다는 말에 휘장 안쪽에 위치
한 천지광의 눈동자가 빛났다.

　마침내 기다리던 때가 온 것이다.

　그가 말했다.

　"그럼 우리도 슬슬 준비하지."

　가장 먼저 해야 할 일은 천룡성의 힘을 자신이 가지는
것. 그리고 그다음으로 신경을 쓰고 있었던 건 바로 천운백
이었다.

　천지광이 곧장 말을 이었다.

　"천룡성의 무공을 천무진이 모두 알게 됐다면…… 이제
천운백은 필요 없잖아?"

　천운백은 언제나 위험 요소였다.

　그리고 그는 천룡성의 많은 걸 알고 있는 자. 어떠한 방

식으로 방해를 하고 들지 예측하기 어려웠다.

살려 둔다면…… 천지광에겐 걸리는 것이 너무도 많았다.

그뿐만이 아니었다.

천운백을 제거하는 목표를 세운 데에는 천지광의 개인적 원한 또한 큰 영향을 줬다.

사실 그의 파문은 천운백과는 전혀 상관이 없었다.

모든 건 천지광 본인의 잘못이었으니까. 그가 쫓겨났기에 천운백이 천룡성에 들어온 것이었지만…….

그럼에도 불구하고 천지광은 언제나 천운백이라는 존재를 증오해 왔다. 마치 그가 자신의 자리를 빼앗은 것처럼 느꼈으니까.

의자에 앉아 있던 천지광이 천천히 자리에서 일어났다.

너무도 완벽했다.

자신이 짜 놓은 그 모든 것들이 하나도 어긋나지 않고 톱니바퀴처럼 맞물리며 굴러가고 있었다.

천지광의 입가에 비웃음이 걸렸다.

'사부님, 당신이 틀렸습니다.'

천운백과 천지광의 사부인 천명환은 말했었다.

천지광에겐 천룡이 될 자격이 없다고.

하지만 보라!

그가 주지 않은 그 천룡의 자격이라는 것을 오로지 자신의 힘만으로 손에 넣는 이 모습을!

자격이 없다고?

웃기는 소리다.

자격? 그런 건 만들면 된다.

자신의 힘으로.

희열이 가득한 표정으로 천지광이 목소리에 힘을 주어 말했다.

"……천운백을 죽인다."

5장. 명령
— 해야 할 이야기가 있어

　가부좌를 튼 채로 운기조식에 빠져 있는 천무진의 몸 주변으로 잔잔한 기운이 연기처럼 흩어져 나왔다.

　평온한 겉모습과는 달리 현재 천무진의 몸 안은 엄청난 폭풍우가 몰아치고 있는 중이었다.

　그 끝을 가늠할 수 없는 힘.

　천운백에게서 마지막 절초를 전수받고 새로운 내공의 흐름에 대해 배웠다. 그것에 맞춰 혈도를 따라 움직이던 기의 흐름에 많은 변화가 있었다.

　쿵쿵쿵!

　가부좌를 틀고 있는 천무진의 몸 안에서 폭발이 일었다.

그것은 내부에 있는 혈도를 연신 두드렸고, 그것에 따라 기가 통하는 길목은 점점 넓어져 갔다.

절초인 천추나락은 보통 인간의 몸으로는 견딜 수 없는 그런 부류의 초식이었다. 그랬기에 천추나락을 사용하기 위해서는 그에 맞는 신체를 만드는 것이 우선이었다.

기이한 방식으로 몸 안에서 폭발을 일으켜 혈도가 새로운 자극에 적응하게 하고, 또한 막대한 기가 단번에 쏟아져 나올 수 있도록 변형시킨다.

물론 이건 쉬운 일이 아니었다.

몸 안에 있는 수없이 많은 혈도. 그 길을 따라 움직이는 기의 흐름이 막히지 않도록 연신 몸 안에서 폭발이 일었고, 그때마다 천무진은 내장이 찢겨 나가는 듯한 고통에 휩싸였다.

보통 사람이라면 버틸 수 없을 그런 고통을 천무진은 하루에도 수십, 수백 번을 견뎌 냈다.

이런 고통들이 모여 자신이 가야 할 그곳으로 도착하게끔 만들어 준다는 걸 알았기에.

그렇게 오늘도 두 시진 가까운 시간 동안 혈도를 넓히는데 주력하던 천무진이 천천히 눈을 떴다. 가부좌를 틀고 있던 그는 온통 땀범벅이었다.

거기다 자리에 앉아 있기만 했거늘 마치 온종일 움직인

것처럼 온몸의 근육들이 저렸고, 심적으로도 매우 지친 상
태였다.

눈을 뜬 채로 가볍게 심호흡을 내뱉는 천무진의 옆에서
천운백의 목소리가 들려왔다.

"몸은 좀 어떠하냐. 꽤 힘들 터인데."

천운백으로서는 이미 한 번 경험해 본 일.

지금 천무진이 어떠한 지옥에서 살고 있을지 너무도 잘
알았다. 거기다가 천무진은 당시 자신에 비해 훨씬 더 많은
시간을 혈도를 넓히는 데 소요하고 있다.

순간적으로 감내해야 할 고통이 더 클 수밖에 없었다.

천무진은 근처로 다가온 그를 향해 고개를 돌려 시선을
맞추고는 가볍게 어깨를 움직여 보였다.

"아직은 버틸 만한 것 같군요."

"쯧, 강한 척하기는. 네 녀석 얼굴이나 보고 말거라."

천운백의 말투에는 천무진의 상태에 대한 걱정이 가득했
다. 천무진은 이 두 시진의 시간이 지나면 언제나 산송장처
럼 새하얗게 변해 있었다.

핏기 하나 없는 얼굴. 그리고 가볍게 떨리는 몸까지.

천운백은 천무진이 상당히 무리를 하고 있다고 생각했
다.

내장이 뒤틀리는 이 고통을 무려 두 시진이나 참아 낸다

는 건 인간으로서 쉽사리 할 수 있는 일이 아니었다.

자신만 해도 반 시진에서 한 시진 정도 내공이 흐르는 혈
도를 천천히 넓혀 고통을 최대한 줄여 가며 천추나락을 익
혔었다.

혈도가 이런 기의 흐름에 익숙해질 수 있도록 최대한 여
유를 준 것이다.

그에 반해 천무진은 두 시진이나 혈도를 넓히는 데 사용
하고 있다.

혈도가 익숙해지려고 하면 더욱 큰 힘을 밀어붙여 또 한
번의 고통을 감내하는 식으로 빠른 성과를 보기 위해 나아
가고 있었다.

게다가 이것도 천운백이 말리고 말려서 이 정도로 줄어
든 것이지, 처음 천무진은 네 시진에 가깝게 이 같은 고통
을 견디려 했다.

그런 그를 천운백은 크게 꾸짖었다.

모든 일에는 순리가 있고, 빠르게 성취하는 것이 반드시
좋은 건 아니라고. 결국 천무진 또한 어느 정도 생각을 굽
히고 하루에 딱 두 시진만 이렇게 운기조식을 통해 몸을 바
꿔 나가고 있었다.

덜덜 떨리는 무릎을 손으로 누른 채 힘겹게 몸을 일으켜
세우는 천무진을 보며 천운백이 안타까운 어조로 말했다.

"왜 이리도 급한 게냐?"

천운백의 물음에 몸을 일으켜 세운 천무진이 자세를 바로잡으며 답했다.

"……아시지 않습니까. 제 상황을."

천무진으로서는 급할 수밖에 없었다.

기억이 돌아오고 몰랐던 많은 사실을 알게 되었지만, 오히려 머리는 예전보다 더욱 복잡해졌다.

거기다 상황 또한 달라져 있었다.

허나 그건 천무진이 바라던 방향은 절대 아니었다.

어지럽게 돌아가는 상황들, 그렇지만 천무진의 마음은 확고하게 정해져 있었다.

천무진이 말을 이었다.

"사부님의 말씀대로입니다. 저는 제 인생을 다른 누군가에 의해서가 아닌 스스로 결정하고 싶습니다. 천무진으로 살아갈지, 아니면 십삼 호로 살아갈지 그걸 정하는 건 다른 누구의 의지도 아닌 제 결정이어야 하니까요."

천룡비공의 절초를 전수하는 날 사부인 천운백이 천무진에게 했던 그 한마디.

무진아, 너의 인생을 살거라.

그 한마디가 계속해서 머리를 떠돈다.

그리고 그거야말로 천무진이 바라는 바이기도 했다.

그러기 위해서는 힘이 필요했다.

스스로 자신의 인생을 정할 수 있을 정도의 힘이.

하지만 지금의 천무진은 자신의 인생을 살 방도를 알지 못했다. 정확한 이유는 모르지만, 자신은 십천야의 수장인 천지광의 명령을 어길 수 없었으니까.

그랬기에 알고 싶었다.

왜 자신이 그의 명령이라면 따를 수밖에 없는지, 또 따른다면 그것이 과연 어느 정도 선까지인지를.

분명 지금의 천무진은 천지광의 명을 따른다.

하지만 그렇다고 해도 과거의 생과는 달리 지금의 그에겐 자신의 의지 또한 있었다. 이전처럼 완전한 꼭두각시가 아닌 자율 의지를 가지고 있다는 건 엄청나게 달라진 사실이었다.

과연 이 상황에서 자신은 무엇을 할 수 있고, 어떻게 해야 하는 걸까?

그 답을 천무진은 찾고 싶었다.

천무진은 주먹을 쥔 채로 바닥을 바라봤다.

실로 복잡한 마음.

그렇지만 결국 스스로 삶을 선택하기 위해서는 이 또한

천무진이 짊어져야 할 고민이었다.

천운백은 그런 그를 보며 아무런 말도 하지 않았다.

자신이 옆에서 뭐라고 한다 해서 도움이 될 수 있는 상황이 아니라는 걸 알았으니까.

그저 묵묵히 천무진이 자신의 길을 걸어갈 수 있기를 바랄 뿐이었다.

해 줄 수 있는 일이 없다 해도 괴로워하는 천무진을 보며 천운백은 마음이 아플 수밖에 없었다.

이 일의 뒤에 천지광이 있다는 사실을 알았으니까.

한마디로 천룡성에 얽힌 악연으로 인해 지금 천무진의 인생 또한 이리된 것이 아닌가.

혼자 서 있는 천무진을 바라보며 천운백은 마음으로나마 그를 응원했다.

'무진아, 스스로를 믿어라.'

이 지독한 싸움의 끝.

이 모든 걸 끝낼 수 있는 건 오로지 천룡이 된 천무진밖에 없었으니까.

천룡성의 절초를 위해 시간을 보내던 천무진은 다른 일행들이 기다리는 귀림원으로 향하고 있었다.

'슬슬 말해 줘야 하나.'

매번 녹초가 되어 들어오는 자신을 보며 백아린은 따로 말은 안 했지만, 무척이나 걱정하는 기색이 역력했다.

　아직까지 천룡성의 절초를 익히기 시작했다는 걸 전하지 않았기에 대충 둘러대고 있었는데, 이제는 감추는 것이 미안할 지경에 이른 것이다.

　천무진이 천룡성의 절초를 익히기 시작한 것에 대해 말하지 않은 이유는, 그것을 말하게 된다면 현재 자신의 상황 또한 밝혀야 한다 생각하고 있었기 때문이다.

　자신을 믿고 함께해 주는 백아린.

　그녀에게 이런 사실을 감추고 있는 것이 싫었지만…… 자신이 좋아하는 여인이었기에 더더욱 진실을 밝히기 어려웠다.

　사실은 자신이 십천야고, 어쩌면 영영 적이 될지도 모르는 관계라는 말을 어떻게 할까.

　천무진은 백아린을 잃고 싶지 않았다.

　과연 모든 걸 알면 그녀는 어떠한 표정을 지을까?

　그걸 상상하는 것만으로도 천무진은 가슴에 커다란 돌멩이 하나를 얹고 사는 느낌이었다.

　그렇게 고민 속에 귀림원으로 향하던 천무진의 뒤편에서 익숙한 목소리가 들려왔다.

　"어이, 천무진."

자신을 부르는 목소리에 천무진이 슬쩍 뒤편으로 고개를 돌렸다. 그곳에는 그가 익히 알고 있는 인물인 매유검이 자리하고 있었다.

이미 목소리를 듣는 순간부터 상대의 정체를 알았던 터라 천무진은 별반 놀라지 않으며 입을 열었다.

"무슨 일이지?"

"뭐긴. 어르신의 명을 전하러 왔지."

"어르신의 명?"

되묻는 천무진을 향해 매유검이 성큼 다가서며 말했다.

"응, 네가 우리 편으로 돌아오긴 했는데 지금까지는 딱히 이렇다 할 뭐가 없어서 말이야. 네게 보다 확실한 임무를 주실 듯하다."

"임무라면 뭘 말하는 거냐?"

"그거야 나도 모르지. 다만 앞으로 나흘에 한 번씩 그사이에 있었던 일에 대해 정확하게 보고하라고 하시는군. 빼먹지 말고 꼭 보고 올리도록 해."

명령하듯 말하는 매유검의 말투에 천무진이 불쾌한 비웃음과 함께 답했다.

"나흘에 한 번 보고라. 힘들 것 같은데. 귀찮은 일은 질색이라서. 상황 봐서 특별한 일이 있으면 그때나 연락하도록 하지."

말을 끝낸 천무진이 막 매유검을 무시하고 지나쳐 가려고 할 때였다.

매유검이 무미건조한 목소리로 말했다.

"그래? 이상하네. 넌 안 할 수가 없을 텐데. 이것이 어르신의 명인 이상 말이야."

그의 말에 천무진이 곧바로 반박할 때였다.

"특별한 명령도 아닌데 그게 뭐 대수라고. 내가 원한다면 이런 명령은 언제든……."

어길 수 있다는 말이 목구멍까지 치솟았다.

그런데 놀랍게도 그것이 한계였다.

하지 않겠다는 대답조차 할 수 없었다.

그 이유가 무엇인지는 천무진 또한 잘 알고 있었다.

스스로 할 거라는 사실을 알았으니까.

그 사실을 실감하는 순간 차마 입으로라도 거짓말을 할 수가 없었던 것이다.

변해 버린 천무진의 상태를 알아서일까?

놀란 듯 눈을 치켜뜨고 서 있는 천무진에게 다가온 매유검이 천천히 입을 열었다.

"뭐, 대충 자기 주제를 안 것 같은데 긴말은 안 할게. 첫 보고는 이틀 후로 하지."

말과 함께 매유검은 품 안에 준비해 두었던 서찰 하나를 천무진에게 휙 하고 던졌다.

날아드는 서찰을 천무진은 어렵지 않게 받아 냈다.

이게 뭐냐는 표정을 지어 보이는 그를 향해 매유검이 말했다.

"그곳으로 와. 이틀 후 신시(申時). 거기서 기다리고 있을 테니까."

"……."

"기억해. 이틀 후다."

아무런 대답조차 하지 못하는 천무진에게 한마디를 덧붙인 매유검은 긴 장포 자락을 휘날리며 그대로 모습을 감췄다.

매유검이 사라졌거늘 천무진은 그 자리에서 떠나지 못한 채로 굳어 있었다.

스스로 인생을 선택하기 위해 자신의 상태를 정확히 인지하려는 지금, 이거 하나만큼은 확실하게 알 수 있었다.

어르신 천지광의 명령은 그게 아무리 작은 거라 할지라도 어기지 못한다는 것.

어느 정도 인지하고 있었던 부분이긴 했지만, 생각보다 심각하다는 사실에 천무진은 더더욱 깊은 고민에 빠졌다.

너무도 막막해 가슴이 답답해질 지경이었다.

"……망할."

천무진이 중얼거렸다.

*　　*　　*

이틀의 시간이 지났다.

매유검의 말대로 천무진은 그가 남긴 말을 무시할 수가 없었다.

그랬기에 매유검이 건네준 서찰에 적힌 장소로 가기 위해 천무진은 걸음을 옮겼다. 그런데 때마침 적화신루에 다녀오던 백아린과 입구에서 마주쳤다.

백아린이 천무진을 발견하고는 환하게 웃으며 물었다.

"또 사부님 뵈러 가는 거예요?"

물어 오는 질문에 천무진은 순간 멈칫할 수밖에 없었다.

아직까지 아무런 것도 말해 주지 않은 상황.

결국 천무진은 고개를 끄덕이며 어쩔 수 없이 거짓말을 해야만 했다.

"응, 잠깐 뵙고 오려고."

"……오늘도 늦어요?"

아무렇지 않게 물었지만, 그 목소리 안에서 느껴지는 걱정을 어찌 모를까.

입술을 지그시 깨문 천무진이 곧장 답했다.

"오늘은 그렇게 늦진 않을 거야."

"그래요?"

한결 밝아지는 백아린의 표정을 보며 천무진은 이내 며칠 동안 해 왔던 고민에 대한 답을 내렸다.

천무진이 나지막이 그녀의 이름을 불렀다.

"백아린."

"네?"

"저녁에 하고 싶은 이야기가 좀 있는데."

"중요한 이야기예요?"

"아주 많이."

진지해 보이는 천무진의 얼굴에 백아린은 이내 크게 고개를 끄덕였다.

그런 그녀를 향해 천무진이 희미한 미소를 지어 보였다.

"그럼 다녀올게."

"조심해서 다녀와요."

서로를 향해 다정한 말을 주고받은 뒤 천무진은 몸을 돌려 가야 할 곳을 향해 걸음을 옮겼다.

그렇게 그는 매유검에게서 받은 서찰에 적힌 장소로 곧장 움직였다. 천무진이 향한 곳은 마교 외성에 위치한 무관이었다.

간단한 절차를 통해 안으로 들어선 천무진은 무관 안쪽

에 위치한 곳으로 안내를 받을 수 있었다.

장원 내부에 있는 그 은밀한 장소는 무관과 어울리지 않
게 조용했고, 또한 인근의 기척 또한 느껴지지 않았다.

천무진은 곧장 장원 내부에 위치한 건물로 들어섰다.

건물 내부에 있는 기척을 느낀 천무진이 그쪽으로 다가
가며 표정을 구겼다.

가뜩이나 유쾌하지 않은 자리다.

그런데 오늘 이곳으로 오라고 한 매유검이 방 안에서 코
빼기도 비치지 않고 있으니 짜증이 절로 솟구쳤다.

천무진이 입을 열었다.

"어이! 매유검, 사람을 오라고 해 놓고는……."

그때.

"오랜만이구나."

천무진의 목소리를 자르며 들려오는 노인의 목소리. 그
걸 듣는 순간 천무진은 움찔했다.

이 목소리의 정체가 누구인지 알고 있었으니까.

천무진은 자신도 모르게 소리가 들려온 방을 향해 재빠
르게 다가갔다. 그러고는 이내 문을 열고 방 안으로 성큼
들어섰다.

천무진의 눈에 가장 먼저 들어온 것은 방의 절반 이상을
가리고 있는 휘장이었다.

휘장으로 막혀 있는 방 내부의 한쪽.

그리고 그 안쪽에서 움직이는 그림자.

휘장 너머의 움직이는 존재를 확인한 천무진이 입을 열었다.

"……어르신."

어르신이라는 말을 꺼내는 순간 닫혀 있던 휘장이 스르륵 열렸다.

그리고 그곳에서 노인 한 명이 모습을 드러내고 있었다.

십천야의 수장 천지광.

그가 천무진의 앞에 나타난 것이다.

*   *   *

천지광이 예상치 못한 자신과의 만남에 놀란 듯 서 있는 천무진을 향해 말했다.

"이게 몇 년 만이지? 이십 년 정도 된 거 같은데. 아……나는 그렇지만 너는 그보다 훨씬 긴 시간이었겠구나."

천무진과 천지광의 시간은 같지 않았다.

천무진은 지금보다 더욱 나중인 미래까지 살고 현재로 돌아온 상태였으니까. 당연히 마주하기까지 걸린 시간이 같을 리가 없었다.

천지광의 말에 천무진이 짧게 답했다.

"오십 년 만입니다."

"오십 년이라…… 참으로 긴 시간이구나."

감개가 무량하다는 듯 말을 내뱉는 천지광의 모습을 물 끄러미 바라보던 천무진이 물었다.

"연락도 없이 여긴 어쩐 일이십니까?"

"네가 한번 만나고 싶다 하지 않았더냐. 나 또한 너의 기억이 돌아오기를 무척이나 바랐던 사람이었기에, 기억을 되찾은 걸 알자마자 만나고 싶기도 했고."

천지광의 답에 천무진은 고개를 끄덕였다.

이번 만남을 예상치 못한 것은 사실이었으나, 정신이 돌아온 이상 두 사람은 반드시 한 번쯤은 만나야 할 관계였으니까.

사실 그를 만나면 하고 싶은 말도, 묻고 싶은 말도 많았다.

그리고 확인해야 하는 것들도.

천무진이 물었다.

"묻고 싶은 게 있습니다."

"해 보거라."

"저번 생에서 조종당하다가 죽는 건 애초에 계획이었으니 그렇다고 치겠습니다. 물론 그것도 그리 유쾌한 죽음은 아니었단 게 불만이긴 하지만 그 또한 넘어갈 수 있습니다. 제 죽음이 우리의 계획에 포함되어 있었던 건 사실이었으니까요. 그런데 이번 삶에서까지 절 조종할 수 있는 여인을 보내신 이유가 뭡니까?"

천무진이 지닌 첫 번째 의문은 바로 이것이었다.

저번 삶에서의 일들은 계획대로였다. 그에 비해 이번 생은 다소 달랐다. 자신이 아는 원래의 계획을 떠올려 보면, 이번 삶에 적련화를 보내 섭혼술을 사용하는 건 없었다.

천무진의 질문에 천지광은 기다렸다는 듯 답변을 토해 냈다.

"몇 가지 이유가 있었지만, 개중에 가장 큰 건 역시나 네 능력 때문이었다. 기억을 되돌리기에는 다소 이른 시기인데 너무도 많은 타격을 주더구나. 그래서 아주 잠시 널 멈춰 두려고 했던 것뿐이다. 시간을 끌기 위해 말이다."

"잠시라고요?"

"그래, 잠시 네 움직임을 더디게 만들었다가, 시기가 되면 섭혼술을 풀어 주려 했던 게지."

청산유수처럼 이어지는 답변.

그 답변에는 큰 문제가 없었다. 계획이 어그러지지 않도록 잠시 시간을 끌려 했고, 적당한 시기가 되면 풀어 주려 했다는 게 정황상 납득할 수 없는 말은 아니었으니까.

그만큼 중요한 계획이었고, 조금의 어그러짐이 거사를 망칠 수도 있는 건 사실이었다.

그런데 왜일까?

그 대답에서 그리 신빙성이 느껴지지 않는 까닭은.

하지만 천무진은 그런 개인적인 감정은 무시한 채로 질문을 이어 갔다.

"계획은 어떻게 되어 갑니까?"

"우리가 정해 놓은 대로 잘 흘러가는 중이다. 네가 망쳐 놓은 몇 가지 일들이 있긴 하지만…… 그 또한 수습 중이고."

대답을 하는 천지광을 살피던 천무진이 이내 슬쩍 또다시 질문을 던졌다.

"그럼 지금 십천야는 몇 명이나 남아 있는 겁니까?"

"너에게 당한 이들을 제외하고 전원이 건재하다."

"그래요? 그럼 그중에 제가 아는 것이 어르신과 저를 제외해 일곱이면…… 한 명만 못 본 겁니까?"

"그렇게 되겠지?"

"그게 누굽니까?"

물어 오는 천무진의 질문.

어쩌면 별다른 의미가 없는 질문일 수도 있다.

하지만 천무진이 이런 질문을 던진 건 전부 이유가 있었다.

천무진의 질문에 천지광은 아주 잠시 멈칫했지만 숨겨야 할 이유도 없었다. 그리고 어차피 곧 알게 될 일이었기에 솔직하게 사실을 밝혔다.

"십천야로는 만나 보지 못했겠지만, 다른 식으로는 스치 듯 만나 본 적 있는 이다. 바로 화산파의 자운이다."

자운이라는 말에 천무진은 놀라면서도 이내 고개를 끄덕일 수밖에 없었다.

어린 나이부터 두각을 드러냈고, 현재는 정파 무림을 대표하는 고수. 그리고 다음 대 무림맹주로 거론될 정도의 인물이다.

그 모든 것이 가능했던 이유는 그가 십천야였기 때문이었다.

천무진이 괜히 더 이야기를 끌었다.

"그가 십천야라니 놀랍군요."

"자운은 무림맹의 일을 맡은 자다. 마찬가지로 마교의 일을 맡았던 것이 양사창이었지. 네 동료의 손에 죽긴 했다만."

"아, 그때 그가 양사창이었군요."

천무진은 고개를 끄덕였다.

단엽이 죽였던 십천야, 하지만 그의 정체는 파악하지 못했었다. 스스로 자신의 얼굴을 망가트린 탓에 여태까지 확실한 정체는 알 수가 없었는데…….

새로운 사실을 알게 된 천무진이 머리를 굴리고 있는 그때였다.

"나도 하나 묻고 싶은 것이 있다. 혹시 네 사부에게 천룡비공의 마지막을 전수받은 것이냐?"

물어 오는 천지광의 질문.

그것을 듣는 순간 천무진은 길게 호흡을 내쉬고는 최대한 티가 나지 않게 버텨 보려고 했다. 허나 이내 얼마 되지 않아 결국 천무진은 사실대로 답했다.

"네, 하고 있습니다."

어쩔 수 없이 대답을 하면서도 천무진은 빠르게 모든 상황들을 머리에 집어넣었다.

이번 만남에서 그는 천지광과 자신의 사이에 관계된 걸 최대한 많이 알아내야 했으니까.

예상은 했었던 일이지만 천무진이 절초를 익히고 있다는 말에 천지광의 눈동자가 조용히 빛났다.

천운백에게서 천룡비공의 마지막을 빼내는 것.

그것이야말로 천지광이 수십 년 넘게 기다려 왔던 목표였으니까.

"그렇다면 혹시 천룡혼은…….'"

"아직은 무리입니다. 천룡혼은 천룡비공이 완전해진 이

후에나 사용할 수 있답니다."

"……그래?"

되묻는 천지광의 표정에는 아쉬움이 가득했다.

그렇지만 천무진이 자신에게 거짓 보고를 하지 않을 거라는 확신이 있어서인지 의심하는 기색은 전혀 보이지 않았다.

이내 천지광이 말을 이었다.

"무공의 성취가 보인다면 내게 말해 주거라. 나 또한 준비해야 할 것이 있으니."

"그리하도록 하지요. 그런데 어르신."

"응?"

자신을 향한 부름에 천지광이 답했을 때였다.

천무진이 입을 열었다.

"어르신께 이 일의 보상을 받고 싶습니다."

너무도 의외의 말이었던 것일까?

천무진의 말에 천지광의 표정이 꿈틀했다.

하지만 이내 그는 아무렇지 않은 표정으로 천무진의 말에 답했다.

"보상이라. 분명 내 기억에는 확실한 보상을 주기로 이야기가 끝났던 것 같은데…… 시간이 너무도 지나서 잊은 게냐, 아니면 더 많은 걸 원한다는 소리냐."

"똑똑히 기억합니다. 어르신이 제게 주시기로 약속한 보상은 자유였지요. 그 어떠한 것에도 흔들리지 않을 완전한 자유."

천무진의 어린 시절 천지광은 말했었다.

이 모든 일이 끝나면 평생을 자유로이 살게 해 주겠다고. 죽을 때까지 아무런 걱정 없이 살 정도의 재물을 줄 것이고, 누구의 간섭도 없는 삶을 살게끔 해 주겠다 했다.

그뿐인가.

천지광은 천무진의 다음 삶까지도 약속했었다.

자신이 과거로 돌아가게 된다면 고아가 되어 떠돌 어린아이인 천무진을 찾아, 또 한 번 풍족한 삶을 살게 해 주겠다고. 그리고 원한다면 부모도 한 번 찾아봐 주겠다는 약조까지 했던 그다.

그 모든 것이 당시 어렸던 천무진에게는 매력적일 수밖에 없었다.

고아로 이곳저곳을 떠돌며 힘겹게 살아왔던 천무진이다. 그에게 두 번의 삶 모두를 풍족하게 만들어 주겠다고 약속했으니, 싫을 이유가 있었겠는가.

분명 그때는 그거면 충분하다 여겼다.

하지만…… 이제는 아니다.

천무진이 말을 이었다.

"전 거기에 하나를 더 추가하고자 합니다."

"무엇을 말이냐?"

"제 동료들, 그리고 사부님까지. 그들을…… 죽이지 말아 주십시오."

천무진의 말에 천지광은 잠시 뜸을 들이다 이내 말문을 열었다.

"……그것이 네 새로운 부탁이더냐?"

"예, 무리한 부탁은 아니라고 생각됩니다. 어차피 어르신의 계획에 그들을 죽여야 할 이유는 없잖습니까."

십천야들은 천지광의 목적을 정확히 알지 못한다.

그저 무림을 손에 넣고 싶어 한다고 여길 뿐이다.

하지만 천무진은 달랐다.

그는 천지광의 진짜 목적을 알고 있었다.

천룡혼을 통해 두 번째 삶을 가지는 것. 그랬기에 이런 부탁 또한 할 수 있었다.

생각지도 못한 천무진의 새로운 부탁.

대답은 생각보다 빠르게 돌아왔다.

천지광이 답했다.

"네 말이 맞다. 그리 무리한 부탁은 아니지. 나 또한 너와 연관된 사람은 가능하면 손을 대고 싶지 않다. 네 부탁도 있으니 더욱 그리하도록 하지. 그 부분에 있어서는 네가 염려할 필요 없도록 하겠다. 다만…… 만약 그들이 내 앞길에 방해가 된다면 그때는 다시 한 번 이야기해 봐야겠 구나. 그건 너도 이해하겠지?"

천무진은 자신을 지그시 바라보며 내뱉는 천지광의 말에 결국 고개를 끄덕였다.

그의 눈빛에는 천무진을 수긍하게 만드는 묘한 힘이 있 었다.

순간 천지광이 다시 한번 입을 열었다.

"뭐 이번 생이야 어느 정도 벌어진 일들을 모두 알고 있 으니 그렇다 치고…… 네 저번 생이 궁금하구나. 어찌 살았 느냐?"

단순히 천무진의 저번 삶이 궁금하다는 듯한 질문.

그렇지만 천지광이 괜히 이런 질문을 던졌을 리가 없 다. 그는 이 질문을 통해 천무진의 저번 삶을 확인하고, 혹시 벌어질 수도 있는 일들에 대해 방비할 계획이었던 것 이다.

그리고…… 천무진 또한 천지광의 속셈을 이미 눈치채고 있었다.

천무진이 입을 열었다.

"저는……."

그로부터 약 반 시진가량.

천무진은 과거 자신의 삶에 있었던 많은 일들을 그에게 전했다. 하지만 천무진이 단순히 대답 차원에서 이야기를 해 주기만 한 것은 아니었다.

천지광이 이런 질문을 던진 이유가 있었던 것처럼, 대답을 하는 와중에 천무진 역시 계속해서 여러 가지를 확인하고 있었으니까.

그렇게 긴 대화가 끝이 났다.

모든 이야기가 끝나자 천지광이 안타깝다는 듯 중얼거렸다.

"실로 고생스러운 삶을 살았구나. 하지만 걱정 말거라. 이제부터 네 삶은 결코 그렇지 않을 테니. 나만 믿고 따라오너라."

"예, 어르신."

천무진이 순순히 답했고, 이내 천지광이 옆에 있는 창을 통해 바깥을 살폈다.

이미 알아야 할 것은 어느 정도 확인한 상황이었기에 더는 천무진과 시간을 보낼 이유가 없었다.

"오랜만에 만나서 반가웠다. 돌아가서 쉬도록 하고, 전달한 것처럼 나흘에 한 번씩 연락을 취하도록 해라. 혹 그 중간이라도 천룡비공의 성취가 있다면 언제든 연락을 넣어도 좋다."

"알겠습니다. 그럼 물러가죠."

말을 마친 천무진은 곧바로 몸을 돌렸다.

그러고는 곧장 빠른 걸음으로 그곳을 빠져나왔다.

주고받은 대화들.

그리고 가벼운 행동들까지도.

그것을 통해 천무진은 몇 가지 사실을 더 알게 되었다.

자신은 어르신인 천지광에게 대적하기 어렵다. 그의 명령이라면 거스르지 못하고, 거의 무조건적으로 따를 수밖에 없는 입장이라는 걸 재차 확인할 수 있었다.

그의 눈빛을 마주하고 있노라면 평소에도 그랬지만 더욱 순종적으로 행동하게 되었으니까.

그렇지만 나쁜 소식만 있는 건 아니었다.

작지만 몇 가지 소득도 있었으니까.

그중에 가장 중요한 건 그에게 자신의 의사를 표현할 수 있고, 뭔가를 요구하는 것에는 문제가 없다는 점이었다.

그리고 그가 명령을 내린 사항이 아니라면 스스로 결정할 수 있다는 것을 확인한 것도 컸다.

거기다가 마지막에 과거의 삶에 대해 이야기들을 나누는 과정에서도 알게 된 사실…….

몸을 돌리고 걸어가는 천무진의 입가에 슬쩍 미소가 걸렸다 사라졌다.

적어도 이번 만남에서 뭔가를 얻어가는 건…… 천지광뿐만이 아니었다.

그렇게 천무진이 이 거처를 완전히 빠져나갔을 때였다.

천무진이 사라진 공간에 혼자 남아 있던 천지광이 가볍게 혀를 차며 중얼거렸다.

"쯧, 귀찮게 되었군. 내가 이래서 그냥 조종을 하고 싶었던 건데……."

천무진에게 했던 말은 거짓이었다.

천지광은 단순히 시간을 끌기 위해 천무진에게 적련화를 보냈던 게 아니었다.

그저 그게 이용하기에 편했으니까.

적련화를 통해 천무진을 조종하고 싶었던 가장 큰 이유는 바로 지금 같은 상황이 벌어질 것을 염려해서였다.

자유의사.

천무진은 분명 자신의 명령에 따라 움직인다.

하지만 그렇다고 해서 적련화를 통해 조종하는 것처럼 순종적일 수는 없었다. 천무진에게 스스로의 의사가 남아 있었기 때문이다.

본인의 의지가 있음에도 불구하고 어쩔 수 없이 자신을 따르는 것뿐이다.

그저 시키는 것을 그대로 따르는 인형과 지금의 천무진

은 엄연히 달랐다.

천무진 스스로가 의사를 지닌 채 질문을 던지고 있는 지금, 결국 천지광 또한 어느 정도는 그에게 맞춰 줄 수밖에 없었다.

자신의 명령이라면 따를 수밖에 없는 존재라고는 하지만 그렇다고 해도 그의 감정까지 아예 무시하기는 어려웠다.

그랬다가 아주 조금이기는 하나 뭔가 일이 어긋날 가능성을 배제할 수 없었으니까.

'그들을 죽이지 말라고?'

천지광의 입가에 조소가 맺혔다.

앞에선 그러겠다 답했지만 사실 그는 그렇게 해 줄 생각이 전혀 없었다.

죽일 것이다.

이번 생에서 뿐만이 아니라, 앞으로 살아가게 될 새로운 삶에서도.

애초에 위험 분자인 그들을 살려 둘 이유가 없잖은가. 특히나 천운백은 더더욱.

천운백은 자신의 자리를 빼앗았던 인물이다.

새로운 삶에서 그런 위협이 없을 거라 장담할 수 없을뿐더러, 개인적으로도 그가 싫었다.

이번 생에서 천운백에게 빼앗긴 모든 것들.

천지광은 그 모든 걸 다음 생에서 갚아 줄 계획이었던 것이다.

사실 애초에 약속 자체가 무의미한 일이었다.

다음 생에서 자신이 일을 벌이는 그때는 그들끼리 아무런 관계도 아닐 테고, 심지어 천무진은 태어나기도 전일 테니까.

이런 상황에서 손대지 않겠다는 거짓말을 해 주는 것 정도가 뭐 그리 어렵겠는가.

다만 문제는 이번 생인데…….

그 또한 크게 문제 될 부분은 없었다.

천무진에게서 천룡혼을 받는다면 그 이후부터는 그의 부탁을 들어줘야 할 이유가 없었으니까.

천지광이 모멸감 가득한 목소리로 중얼거렸다.

"인간 구실도 못 하던 어린 거지새끼를 거둬서 지금까지 살아 있게 해 줬더니 이제는 주제를 모르고 날뛰는구나."

이를 부득부득 갈며 자신에게 당돌하게 제안을 해 오던 천무진을 떠올린 천지광이 휘장 안으로 걸어 들어갔다.

지금이야 천무진이 쓸모가 있으니 까부는 것도 이리 눈 감아 주고 있지만…… 결국 사냥이란 언젠가는 끝나기 마련이다.

그리고 그 사냥이 끝나고 원하는 걸 얻게 되는 그날.

'널 살려 둘 이유 또한 사라지는 게지.'

쓰임새를 다한 사냥개는 필요가 없었으니까.

6장. 용기
— 한마디만 해요

"왔어요? 생각보다 좀 늦었네요?"

거처로 돌아온 천무진을 반긴 건 백아린이었다. 그녀는
돌아오는 천무진의 기척을 눈치채고는 곧장 그의 방으로
찾아온 것이다.

문 사이로 빼꼼 고개를 내민 채로 말을 하는 그녀의 모습
에 천무진이 픽 웃으며 답했다.

"기다렸어?"

"……아까까지만 해도 아니라고 말하려고 했는데 막상
얼굴 보니 그러지 못하겠네요. 맞아요. 언제 오나 목이 빠
져라 계속 기다렸다고요."

농담과 진심이 섞인 그 말에 천무진의 얼굴에 걸린 미소가 짙어졌다.

그가 백아린이 앉을 수 있도록 의자를 끄집어내며 말했다.

"날도 추운데 거기서 그러고 있지 말고 들어와."

"그럼."

허락이 떨어지자 백아린이 성큼성큼 큰 걸음으로 방 안에 들어섰다. 그녀는 천무진이 미리 빼놓은 의자에 착석한 채로 잠시 겉옷 안에 넣어 두었던 물건들을 정리하는 그의 뒷모습을 물끄러미 바라봤다.

턱을 괸 채로 자신을 바라보는 백아린의 시선을 느낀 천무진이 여전히 등을 돌린 채로 입을 열었다.

"사실 그동안 말하지 않은 게 몇 개 있는데."

"몇 개나 돼요?"

백아린이 웃으며 물었다.

매일 엉망이 되어 돌아오는 천무진을 보며 뭔가 일이 있다는 걸 눈치채고 있었던 그녀다. 그랬기에 그동안 말하지 않은 게 있다는 말에도 크게 동요하지 않았다.

묻는 그녀를 향해 고개를 돌린 천무진이 곧장 답했다.

"요즘 매일 지쳐서 들어오던 건 천룡성의 마지막 절초를 전수받고 있어서야. 매일 다쳐서 와서 걱정했을 텐데 이야기가 많이 늦었네. 미안해."

"……왜 사과를 저한테 해요. 힘든 건 당신이었을 텐데."

"나?"

"그렇게 엉망이 될 정도로 몸을 굴리면서도 계속 저한테 신경 쓰고 있었잖아요. 모르는 줄 알았어요?"

"그랬나?"

자신도 모르는 사이 계속해서 백아린을 신경 써 왔던 모양이다. 그리고 그걸 그녀는 알고 있었고. 그랬기에 더더욱 천무진에게 아무런 질문도 하지 않았던 것이다.

몸을 돌린 천무진이 백아린이 있는 건너편으로 다가와 앉았다.

서로의 얼굴을 마주 보는 상태에서 백아린이 물었다.

"그런데 대체 왜 그걸 감춘 거예요? 천룡성의 무공을 익힌다는 걸 비밀로 해야 할 이유가 없잖아요."

"그것 때문에 몇 가지 해 줄 이야기가 있어. 꽤 놀랄 텐데 마음의 준비는 됐고?"

"이래 봬도 강심장이라고요. 당신도 알잖아요."

"……알지."

걱정 말라는 듯 자신감 가득한 목소리로 대답하는 백아린의 모습에 천무진의 마음이 무거워졌다.

제아무리 강심장을 지닌 백아린이라고 할지라도 지금 자신이 내뱉는 말은 결국 그녀에게 큰 짐이 될 거라는 걸 알았기에.

천무진은 오늘 이 자리에서 백아린에게 모든 걸 털어놓을 생각이었다.

그랬기에 천지광을 만나러 가기 전, 입구에서 만난 그녀에게 저녁에 해야 할 중요한 이야기가 있다 언급했던 것이다.

그간 계속해서 고민하다 내린 결론.

그럼에도 불구하고 쉽게 꺼내기 힘든 이 말.

이 말로 인해 자신과 백아린의 사이가 변하게 될 것이 두려웠다.

그렇지만…… 그래도 해야만 했다.

자신을 위해 싸워 온 그녀다. 그런 그녀를 더는 속이고 싶지 않았으니까.

천무진이 입을 열었다.

"화산파의 자운. 그놈 십천야야."

"……농담이죠?"

"아니, 진짜야. 그놈이 무림맹과 관련된 모든 일을 도맡는 십천야라고 하더군."

천지광을 통해 전해 들었던 기밀을 천무진은 아무렇지 않게 백아린에게 전달했다.

그 놀라운 정보에 농담이냐고 되묻는 그녀에게 진지하게
아니라고 대답했다.

다른 이도 아닌 천무진이 한 말이다.

이것이 결코 허튼소리는 아니라는 건 알겠는데…….

"그걸 어떻게 안 거예요?"

의아할 수밖에 없었다.

천무진의 눈과 귀가 되어 주는 것이 바로 백아린이 수장
으로 있는 적화신루의 일이다. 그런데 오히려 이런 정보를
천무진이 물고 왔다.

그것도 무림을 발칵 뒤집을 정도로 커다란 정보를 말이
다.

그렇지만 천무진의 말은 아직 끝나지 않았다.

어떻게 알았냐는 질문에 천무진은 또 다른 정보를 꺼내
어 들었다.

"마교에서 단엽이 죽였던 십천야 기억하지? 얼굴을 망가
트려 알아볼 수 없었던 그놈 말이야. 그 시체의 정체는 흑
풍진천대(黑風振天隊) 대주 양사창이었어."

"……."

이어지는 천무진의 충격적인 발언.

그 발언까지 들은 직후 백아린의 표정은 오히려 딱딱하
게 굳어 있었다.

분명 두 가지 모두 엄청난 정보들이었다.

그간 막혀 있던 부분을 해결할 수 있었고, 그로 인해 새로운 정보들을 구해 낼 방도가 생긴 것이다. 그렇지만 백아린은 기쁘지 않았다.

천무진에게 무슨 일이 생긴 것이 분명하다 직감했으니까.

백아린이 조심스레 입을 열었다.

"……이게 끝이에요?"

천무진이 가져온 정보가 모자라서 묻는 것이 아니다. 오히려 그 반대였다.

차라리 이것이 전부이기를.

더는 뭔가가 없기를 바라며 물은 말이다.

하지만 그런 그녀의 간절한 바람을 먼지로 만들어 버릴 충격적인 말이 천천히 천무진의 입을 통해 흘러나왔다.

"……나도 십천야."

천무진의 말에 백아린은 멍하니 그를 바라봤다.

그 어떠한 이야기에도 더 큰 충격을 받을 거라 생각하지 않았거늘, 지금 천무진이 내뱉은 말은 그녀의 사고를 정지시키기에 충분했다.

백아린이 도저히 이해가 안 간다는 듯 표정을 찌푸린 채로 작게 고개를 저었다.

"저기 미안한데 대체 무슨 말을 하는 건지 이해가 안 가거든요. 자세히 설명해 줄 수 있어요?"

"말 그대로야. 나도 십천야라고."

"그러니까…… 당신이 십천야라고요? 우리가 여태까지 싸워 왔던 그 십천야요?"

너무도 간단한 말인데 이해가 되지 않을 리 없었다.

그저 그 충격적인 발언을 믿을 수 없었기에 몇 번이고 설명을 듣기 위해 되묻는 것뿐이다.

되묻는 그녀를 향해 천무진이 작게 고개를 끄덕였다.

"응."

"어떻게…… 그럴 수가 있어요? 말이 안 되잖아요. 누구보다 십천야와 대적해 싸워 오던 게 당신인데, 그런 당신이 십천야라고요?"

백아린이 믿지 못하겠다는 듯 말했다.

사실 이런 반응이 당연했다.

어둠 속에 있는 십천야의 존재를 세상에 드러나게 한 것도 천무진이고, 그들과 목숨을 걸고 싸워 온 것도 그다. 그리고 과거의 삶에서 그들로 인해 비참한 삶을 살았다는 사실도 백아린은 알고 있었다.

그런데…… 어떻게 천무진이 십천야일 수 있단 말인가.

천무진이 말했다.

"믿기 어려운 거 알아. 나도 믿기 어려운데, 당신이 이러는 것도 당연하지. 그런데 사실이야. 농담이면 나도 너무 좋겠는데…… 슬프게도 아니네."

자조 섞인 웃음과 함께 내뱉는 천무진의 말에는 깊은 슬픔이 묻어 나왔다.

그런 그를 향해 백아린이 힘겹게 질문을 던졌다.

"대체 어떻게 된 거예요? 십천야라면서 왜 그들과 싸운 거고요."

"나도 내가 십천야라는 걸 안 건 얼마 전이야. 그러니까……."

천무진이 천천히 이야기를 시작했다.

백아린이 떠났을 때 매유검을 통해 진법에 갇혔고, 그곳에서 잃어버린 기억을 찾은 것부터. 그리고 어렸을 때의 어떤 일이 있었는지, 또 어떻게 해서 자신이 이곳까지 오게 되었는지까지.

천무진의 아픈 과거를 비롯해 꽤나 긴 이야기들이 이어지는 동안 백아린은 아무런 말도 하지 않고 묵묵히 그의 이야기를 들어 줬다.

그렇게 모든 이야기가 끝이 났을 때였다.

입을 닫은 천무진은 반쯤 고개를 숙인 채로 지그시 눈을 감고만 있을 뿐이었다.

그리고 그런 모습에 백아린은 또 마음이 아팠다.

천무진은 언제나 당당한 사내였다. 언제나 자신감이 가득했고, 그 누구 앞에서도 주눅 들지 않았다.

그러던 그가 이렇게 어깨가 처져 슬퍼하고 있었다.

백아린이 천천히 손을 뻗었다.

그녀의 손이 천무진의 볼에 닿았고, 놀란 그가 황급히 고개를 치켜들었을 때였다.

백아린이 입을 열었다.

"고개 들어요. 그런 모습 당신한테 어울리지 않으니까."

"……아무리 내가 뻔뻔하다고 해도 당신 앞에서 당당할 순 없잖아. 날 믿어 준 당신에게 이런 실망감을 줬으니까."

몇 번이고 위험을 무릅쓰며 몸을 던지면서까지 자신을 위해 싸워 온 백아린이다.

그녀에게 미안한 건 당연했다.

잠시간의 침묵.

그리고 그 침묵 끝에 천무진이 어렵게 입을 열었다.

"내 정체를 알았으니…… 떠날 건가?"

천무진이 가장 두려워하던 것.

그건 바로 백아린이 자신의 옆을 떠나는 것이었다. 하지만 천무진은 그녀를 잡을 수 없었다.

자신은 십천야였고, 여태까지 싸워 온 적의 일원이었으니까.

최대한 담담하게 말하려 했지만 천무진의 목소리 끝은 떨리고 있었다.

백아린을 비롯한 함께해 온 동료들이 떠나는 건 지금의 천무진에게는 모든 걸 잃는 것과도 같은 외로움을 안겨 줄 일이었다.

하지만 천무진은 그런 속내를 드러내지 않았다.

이런 상황에서 이들을 잡으려고 하는 건 자신의 욕심이라 생각했으니까.

그때였다.

"그거 알아요? 당신 지금 앞뒤가 완전히 틀렸다는 거."

이해가 안 되는 백아린의 말에 천무진이 어렵게 말문을 열었다.

"그게 무슨……."

"내가 십천야와 싸우기 위해 당신과 함께했다고 생각해요? 아뇨, 난 당신과 함께하기 위해 십천야와 싸웠어요."

백아린의 그 말에 천무진은 놀란 듯 그녀를 바라보기만 할 뿐이었다.

그리고 그런 그를 향해 백아린이 말을 이었다.

"그러니 우리 사이에 변하는 건 아무것도 없어요. 당신이 있는 곳이라면 전 어디라도 같이 갈 거니까. 그곳이 설령 십천야라고 할지라도요. 당신 옆에 있을 거고 옆에서 계속 조언할 거예요. 당신이 가는 길에 도움이 될 수 있게요. 그래서 당신이 끝까지 싸울 수 있도록 옆에서 힘이 될 생각이에요."

백아린의 말은 천무진이 상상조차 하지 못했던 것이었다.

지금 그녀는 말하고 있었다.

천무진이 십천야여도 상관없다고. 그의 옆에 있겠다고. 계속 옆에 있으면서 천무진이 스스로의 인생을 선택할 수 있게끔 돕겠다고 말이다.

놀란 천무진을 향해 백아린이 입을 열었다.

"잊지 말아요. 당신은 혼자가 아니에요."

천무진의 옆에는 그와 함께하는 이들이 있었다.

자신뿐만이 아니다.

한천이나, 지금은 멀리 떨어져 있는 단엽도 있다. 그리고 천무진을 걱정하고 있는 천운백 또한 언제나 그를 위한 든든한 조력자가 되어 줄 것이다.

거기다 천무진에게 은혜를 입은 무림의 많은 이들 또한 그를 돕기 위해 움직일 게 분명하다.

백아린이 흔들리는 시선으로 자신을 바라보는 천무진을 향해 힘주어 말했다.

"그러니까 말해요. 가지 말라고. 옆에 있으라고. 그 말 한마디면…… 저와 적화신루는 당신과 함께 갑니다."

용기가 필요했다.

앞으로 한 걸음 내디딜 그런 용기.

그저 한마디일 뿐이었다.

하지만 작게 느껴질 수도 있는 그 용기가 지금의 천무진에게는 무척이나 버거울 수밖에 없었다.

그 작지만 커다란 용기를 내기 위해 입술을 깨물고 있던 천무진은 이내 자신을 바라보는 백아린의 눈빛을 마주했다.

자신을 바라보는 그 눈빛.

저 따뜻한 사람을 잃고 싶지 않았다.

그런 생각이 천무진에게 마지막 한 걸음을 내디딜 용기를 주었다.

그가 말했다.

"……가지 마. 당신이 필요해."

천무진의 그 말이 떨어졌을 때였다.

백아린이 자리에서 벌떡 일어섰다.

그러고는 이내 포권을 취해 보이며 목소리에 힘을 주어

답했다.

"약속하죠. 무슨 일이 있어도 당신 곁을 떠나지 않을게요. 적화신루 십이대 루주 백아린의 이름으로…… 맹세합니다."

말을 끝낸 백아린은 곧장 천무진에게 다가오더니 자리에 앉아 있는 그의 머리를 양손으로 꽉 끌어안았다.

그녀가 나지막한 목소리로 속삭였다.

"방금 그건 적화신루 루주로서 당신에게 한 맹세, 그리고 이건 당신을 사랑하는 사람으로서 하는 절대 놓지 않겠다는 약속이에요."

말과 함께 더욱 강하게 천무진의 머리를 끌어안는 백아린이었다.

그녀의 따뜻한 말과 체온에 천무진의 무거웠던 마음이 조금씩 안정을 찾아갈 때였다.

백아린이 재차 말했다.

"이제 혼자 하려고 하지 마요. 지금까지처럼 같이 싸워요."

백아린의 품에 안긴 천무진이 고개를 끄덕였다.

잠시 잊고 있었다.

그녀의 말처럼…… 자신은 혼자가 아니라는 걸.

마교 교주 악자헌의 거처.

교주의 거처인 교주전이니 만큼 그곳의 경비는 무척이나 삼엄했다. 겹겹이 무인들이 지키고 서 있었고, 허락받은 인원을 제하고는 내부에 들어오는 것조차 불가능했다.

그런 교주의 거처에 일련의 무리가 모습을 드러냈다.

그리고 그 선두에는 다름 아닌 마교 최고의 의원인 마의가 자리하고 있었다.

주기적으로 교주인 악자헌의 건강 상태를 확인해 왔기에, 오늘의 이 방문 또한 그리 특별한 건 아니었다. 마의는 옆에서 자신을 도울 단 한 명의 수하만을 대동한 채 교주전으로 들어섰다.

마의와 그의 수하는 곧바로 교주 악자헌을 향해 무릎을 꿇었다.

"교주님을 뵙습니다!"

마의가 예를 갖추며 소리쳤고, 그 목소리에 나른한 표정으로 앉아 있던 악자헌이 정신을 차리고는 그를 향해 시선을 돌렸다.

이내 악자헌이 말했다.

"벌써 자네가 날 찾아오는 날인가?"

"예, 교주님."

대답을 하며 마의가 슬쩍 악자헌의 상태를 눈으로 살폈다.

악자헌은 무척이나 지쳐 보였다. 상태 또한 예전보다 좋지 않아 보였고, 얼굴에는 피곤한 기색이 역력했다.

주변에서는 교주인 그의 건강이 악화되었다고 말들이 많았지만…….

'몰랐다면 나도 깜빡 속을 뻔했군.'

악자헌이 사실은 흑주염으로 만들어진 약에 중독당해 조종당하고 있다는 사실을 알게 된 마의다.

지금의 저 좋지 않아 보이는 상태는 오히려 예전만큼 흑주염으로 만든 몽혼약을 접하지 못했기에 벌어지는 부작용이었다.

물론 이 또한 그냥 둔다면 치명적인 상황에 처하겠지만, 적어도 몽혼약을 계속해서 복용하던 때에 비해서는 나은 상태라고 볼 수도 있었다.

마의가 말했다.

"맥을 짚어 봐도 되는지요."

"그리하거라."

대답하기도 힘들다는 듯 악자헌이 짧게 말을 끝마치고는 눈을 감았다. 허락이 떨어지자 마의는 대동한 수하와 함께 악자헌에게 다가갔다.

조심스레 그의 손목을 걷은 마의가 맥을 짚으며 눈을 감았다.

요동치고 있는 맥.

그렇지만 지금 중요한 건 이런 것이 아니었다.

마의가 슬쩍 말을 걸었다.

"요즘 어디 불편하신 곳은 없으신지요?"

"다 안 좋구나. 잠도 잘 못 자고, 머리가 자꾸 아파. 거기다가 구역질까지 치미니 식사조차 제대로 하기 어렵다."

"아무래도 맥도 고르지 않으시고, 혈색을 보고 추측건대 특히나 오장육부(五臟六腑) 중에 간장이 좋지 않으신 듯합니다. 우선은 간단한 침을 놓고 심신의 안정을 위해 따뜻한 차를 한 잔 올리도록 하겠습니다."

말과 함께 마의는 옆에 대동한 수하에게 슬쩍 눈짓을 보내고는 곧바로 침통 하나를 꺼내어 들었다.

마의가 짧게 침을 놓는 사이 수하는 가져온 차를 끓여서 곧장 악자헌의 앞에 있는 탁자 위에 올렸다.

수하가 고개를 조아리며 조심스레 말했다.

"허한 기를 채우시는 데 도움이 되는 차입니다."

"……."

악자헌은 귀찮다는 듯 찻잔을 바라보았고, 침을 다 놓은 마의가 그에게 말했다.

"저희 약방에서 준비한 특별한 약차이옵니다. 원기를 회복하시는 데 도움이 되실 겁니다."

"……그대가 그리 말한다면야."

악자헌이 어쩔 수 없다는 듯 찻잔을 들어 올려 안에 담긴 내용물을 조금씩 입 안에 털어 넣었다. 그리고 그 모습을 바라보는 마의의 눈동자가 조용히 빛났다.

그렇게 악자헌이 차를 모두 마신 후였다.

"그럼 본격적인 치료에 들어가도록 하지요."

말과 함께 마의는 준비해 온 여러 가지 물건들을 꺼내어 들었다.

그의 손이 무척이나 바삐 움직이기 시작했다.

하지만 이 모든 건 사실 중요한 게 아니었다.

비어 버린 찻잔을 바라보며 마의는 침을 들어 올렸다.

오늘 이 자리에 온 진짜 이유는 바로…….

며칠 전 완성시킨 흑주염으로 만들어지는 몽혼약의 해독약. 그것을 교주인 악자헌에게 먹이기 위해서였다.

천무진이 마교에 박혀 있는 십천야의 수장을 제거하긴 했지만 그렇다고 한들 아예 뿌리가 뽑혀 나간 건 아니었다.

그랬기에 이토록 은밀하게 해독제를 악자헌에게 먹이기

위해 오늘 같은 날을 이용한 것이다.

매번 있어 온 정기적인 검사였기에, 그에게 해독약을 먹이는 게 용이했다.

그렇게 약 한 시진이 조금 넘는 시간을 그곳에서 자리하고 있던 마의는 이내 모든 치료를 끝내고 자리에 누워 있는 악자헌에게 인사를 건넸다.

"저는 이만 물러나 보겠습니다. 이만 쉬시지요, 교주님."

마의의 말에 악자헌은 그저 고개를 끄덕이는 걸로 대답을 대신했다. 그만큼 그의 체력은 좋지 못한 상태였다.

그렇게 대동한 수하와 함께 교주전을 빠져나온 마의는 곧바로 바깥에 대기하고 있던 마차에 올라탔다.

교주전을 나온 마차가 약 일각가량을 달려 나갔을 무렵이었다.

마의가 앞에 자리하고 있는 수하를 향해 입을 열었다.

"어떻게 될 것 같습니까?"

이상할 정도로 공손한 말투.

그 순간 정면에 자리하고 있던 수하의 얼굴이 조금씩 변해 가더니 이내 익숙한 얼굴이 드러났다.

천운백, 그가 그곳에 있었다.

물어 오는 마의의 질문에 천운백이 고심 가득한 표정으

로 답했다.

"나도 잘 모르겠군. 그저 좋은 성과가 있길 바랄 수밖에."

해독약은 완성시켰다.

하지만 그렇다고 해서 이 해독약으로 모두를 치료할 수 있는 건 아니었다. 특히나 교주인 악자헌은 흑주염으로 만든 몽혼약을 오랜 시간, 많은 양을 접한 인물이다.

이미 시기를 한참은 놓친 상태.

제아무리 해독약을 먹는다고 해도 예전처럼 완벽하게 나아질 가능성은 그리 높지 않았다.

하지만 최소한 정신만 차릴 수 있다면…… 그것만으로도 큰 도움이 될 수 있었다.

오늘 악자헌의 몸 상태를 확인하며 꽤나 많은 양의 약을 그곳에 지어 놓고 왔다. 그리고 그 약 안에도 온갖 약재와 함께 해독약이 섞여 있었다.

과연 언제, 또 어느 정도 효과를 볼 수 있을지는 예상하기 어려웠지만, 지금으로선 이것이 자신들이 할 수 있는 최선의 선택이었다.

할 수 있는 모든 걸 했으니, 이제는 하늘에 맡겨 둘 뿐.

의자에 몸을 기댄 천운백이 조용히 눈을 감았다.

　　　　*　　　*　　　*

　거처로 걸어가는 의선의 발걸음은 무척이나 바빴다.

　그가 속으로 투덜거렸다.

　'이거야 원. 쉴 틈이 없군그래.'

　흑주염으로 만들어지는 몽혼약의 해독약을 제조하는 것
에 성공했지만 그렇다고 해서 의선의 하루에 여유가 생긴
건 아니었다.

　그것을 제외하고도 천무진으로부터 의뢰를 받은 일들이
남아 있었기 때문이다.

　그 일들을 해결하기 위해 의선과 마의는 밤낮으로 연구
에 몰두하고 있었다.

　그중에 가장 큰일은 바로 자모충과 관련된 것이었다.

　천무진은 자신의 몸 안에 자모충이 있을지도 모른다 여
겼었다.

　물론 자모충은 적련화가 죽으면서 어느 정도 위험도가
많이 떨어지긴 했지만, 앞으로를 위해서라도 의선과 마의
는 연구를 이어 가는 중이었다.

　그렇게 자모충을 넣어 놓은 통들이 가득한 방 안으로 들
어선 의선이 익숙하게 하나의 뚜껑을 열었을 때였다.

　움찔.

통 내부를 확인한 의선은 당황한 듯 멈칫했다.

생각지도 못한 일이 벌어져 있었기 때문이다.

잠시나마 당황했던 의선은 곧바로 정신을 추스르고는 옆으로 움직였다. 그의 손이 자모충들이 담겨 있는 다른 통으로 향했다.

그리고 이내 다른 통을 확인한 의선이 놀란 목소리로 중얼거렸다.

"……뭐야 이건."

방 안에 있는 이십여 개에 달하는 통들. 그리고 그 안에는 각자 다섯 마리 이상씩의 자모충이 있었다.

꽤나 어렵게 구한 그 자모충들이 놀랍게도 모조리 죽어 있던 것이다.

최대한 그것들이 살기 좋은 환경을 유지시켜 놓은 공간이었다. 그리고 어제까지만 해도 아무런 문제가 없었던 자모충들이 마치 약속이라도 한 듯 동시에 모두가 죽어 나가 있었다.

그것도 수분이 모두 날아간 것처럼 자글자글해져 있는 상태로 말이다.

갑자기 벌어진 의문의 사건.

이 일의 원인을 찾기 위해 방 안을 살펴보던 의선이 갑자기 멈칫했다.

그의 시선에 들어온 뭔가가 있었으니까.

의선은 이내 자신의 시야에 들어온 커다란 나무 상자를 향해 다가갔다. 그가 조심스레 뚜껑을 열자 안쪽에서 검은 물방울무늬가 가득한 붉은 보석이 모습을 드러냈다.

이 보석의 정체는 천무진이 백아린과 함께 검산파에 직접 잠입하여 훔쳐 온 물건이었다.

그리고 당시 천무진은 이 보석을 품에 가지고 있다가 극심한 고통으로 바닥에 쓰러져 위험한 상황에 처했었다고 들었다.

이것이 무엇인지 조사를 해 달라는 부탁에 꽤나 긴 시간을 썼지만 아직까지도 제대로 감을 잡지 못하는 중이었다.

그러던 도중 사건이 벌어진 것이다.

어제까지만 해도 멀쩡했던 자모충들.

그리고 이 보석이 담긴 상자를 이 방으로 옮긴 건……
바로 어제였다.

그 사실을 떠올리는 순간 의선의 얼굴이 일그러졌다.

뭔가가 번개처럼 머리를 스치고 지나갔다.

그가 떨리는 목소리로 중얼거렸다.

"설마……."

                    *   *   *

　자운은 요즘 들어 십천야가 돌아가는 꼬락서니가 마음에
들지 않았다.

　오랜 시간 사라졌던 매유검이 돌아와 신경을 건드려 대
는 것도 거슬렸는데, 그거로도 모자라 천무진 또한 십천야
의 일원이란다.

　가뜩이나 십천야 내의 서열 문제에 민감한 자운이다.

　매유검은 그렇다 쳐도 천무진은 자신들이 따르는 어르신
이 무척이나 특별 취급을 해 주고 있었고, 그것이 자운으로
서는 눈살을 찌푸리게 만들었다.

　'그깟 굴러들어 온 돌멩이 하나 때문에…….'

　십천야 내에서 자신의 서열을 최소 삼 위 정도라 여겼다.
그런데 최근 들어서는 잘 모르겠다.

　가뜩이나 십천야 중 넷이나 되는 이들이 죽는 바람에 상
대적으로 서열이 낮아진 기분이었는데 거기다가 천무진까
지 나타났다.

　이대로 가다가는 자신의 아래로는 주란만 남을지도 모르
는 상황이었다.

　그렇게 불쾌한 기분으로 하루를 보내고 있던 자운에게
갑자기 천지광의 연락이 날아들었다.

그는 곧바로 천지광의 거처로 갔다.

휘장을 사이에 둔 채로 천지광과 마주한 자운이 포권을 취했다.

"부르셨습니까?"

자운의 등장에 휘장 안쪽에 있는 천지광이 입을 열었다.

"자운."

"예, 어르신."

"천운백을 죽이는 일의 전권을 네게 맡기려고 하는데 할 수 있겠느냐?"

천지광의 말에 자운의 눈동자가 빛났다.

이건 기회였다.

십천야 내에서 점점 서열이 밀려 가는 지금, 자신의 위치를 공고히 할 수 있는 기회가 찾아온 것이다.

그가 급히 말했다.

"물론입니다."

"알겠지만 천운백은 쉬운 상대가 아니다. 전면전보다는 함정을 파고 유인하는 것이 우리 쪽의 피해가 덜할 게다. 지원은 아끼지 않을 테니 좋은 계획을 하나 준비해 보거라. 살아 나가면 여러모로 번거로워지니 다소 시간을 들이더라도 완벽하게 숨통을 끊을 수 있도록 준비해야 한다."

천지광이 심사숙고하여 준비를 끝마치라는 조언을 건넬

때였다. 이야기를 듣기 무섭게 번개처럼 떠오른 하나의 생각으로 인해 자운의 얼굴에는 자신만만한 감정이 피어올랐다.

자운이 말했다.

"문득…… 좋은 계획이 하나 떠올랐습니다. 오로지 저만 실행할 수 있는 계획이지요."

"그게 무엇이지?"

천지광이 궁금한 듯 물었을 때다.

자운이 씩 웃으며 답했다.

"아시지 않습니까. 화산파에는 천운백을 움직이게 만들 수 있는 이가 한 명 있다는 걸."

자운의 그 말에 휘장 안쪽에서 천지광이 움찔했다.

그가 하고자 하는 말이 무엇인지 알아차렸기 때문이다.

휘장 안쪽에 자리한 천지광이 중얼거렸다.

"화산옥녀 조수아."

천운백이 유일하게 사랑했던 여인.

천지광은 몰랐지만, 전생에서 천운백을 죽게 만들었던 여인이기도 했다.

그녀의 이름을 나지막이 읊조리던 천지광은 이내 피식 웃으며 고개를 끄덕였다.

"나쁘지 않군. 좋은 그림이 나오겠어. 제법이로구나, 자운."

"감사합니다."

자신을 향한 천지광의 칭찬에 자운의 얼굴에 만족감이
서릴 때였다.

휘장 안쪽에서 천지광의 명령이 떨어졌다.

"실행하거라."

7장. 비밀
— 이게 뭘까요?

　점심을 먹기엔 다소 이른 오전 시간.

　경치가 좋은 정자에 앉은 채로 천운백은 앞에 놓인 찻잔을 어루만지고 있었다. 날씨는 제법 쌀쌀했지만, 이 정도 추위가 천운백에게 영향을 줄 리 만무했다.

　그가 뜨거운 김이 모락모락 올라오는 차를 마시며 아름다운 주변 경관에 시선을 주고 있을 때였다.

　근처에 아무것도 없는 조용한 정자로 한 명의 여인이 다가오고 있었다.

　조용한 정적을 깨며 나타난 상대.

　그쪽을 향해 슬쩍 시선을 준 천운백이 자리에서 일어났다.

이곳 정자에 나타난 여인은 바로 백아린이었고, 오늘 여기서 천운백과 만날 약속을 하고 나타난 상황이었다.

천운백이 웃으며 그녀를 맞았다.

"왔는가?"

백아린이 그를 향해 포권을 취하며 인사를 건넸다.

"천룡성의 주인을 뵙습니다."

"주인은 무슨. 이제 그 녀석에게 다 주고 난 은퇴 직전이라네."

천운백이 손사래를 치며 말을 받았다.

이제 모든 걸 천무진에게 맡겼고, 그날 이후로 천룡성의 주인은 자신이 아니었다.

천운백의 말처럼 백아린 또한 이미 천무진을 통해 그가 천룡성의 마지막 초식을 전수받았다는 걸 들은 터였다.

그녀가 답했다.

"들긴 했는데…… 그래도 이렇게 정정하신데 은퇴라뇨."

"허허, 사정이 있다네. 왔으면 어서 앉게. 손님을 너무 오래 서 있게 만들었군."

천무진이 삶을 거슬러 오르면서 자신이 갖고 있던 천룡의 힘이 거의 사라졌다는 사실을 말할 수는 없었기에 천운백은 대충 말을 둘러대고는 그녀에게 앉으라고 청했다.

그렇게 두 사람이 마주 앉은 직후였다.

천운백이 앞에 놓여 있던 새로운 찻잔에 차를 따라 백아린에게 건넸다.

"마시게."

"감사합니다."

짧은 인사를 주고받은 이후 백아린이 찻잔에 담긴 차에 입술을 댔다가 깜짝 놀란 듯 말했다.

"맛이 정말 좋은데요."

"귀한 손님이 온다고 해서 내 특별히 준비했지. 바쁠 터인데 이리 불러서 미안하네."

"아무리 바빠도 다른 분도 아닌 천 대협과의 약조인데요. 어떻게든 와야죠."

"그리 생각해 준다면 나야 고맙고."

천운백이 웃으며 답했다.

일전의 만남에서 백아린에게 나중에 단둘이 만나고 싶다는 의사를 전했던 그다. 그리고 마침내 때가 되었다고 판단한 천운백이 백아린에게 사람을 보냈고, 그녀는 곧장 그 부름에 응한 것이다.

백아린을 바라보는 천운백의 눈빛은 무척이나 부드러웠다.

그는 그녀가 매우 마음에 들었다.

어찌 마음에 들지 않을 수 있겠는가.

천무진을 위해 모든 걸 걸어 준 여인.

그를 자식처럼 여기는 천운백의 입장에서 백아린은 한없이 고마운 사람일 수밖에 없었다.

그런 마음을 담아 천운백이 입을 열었다.

"내 제자 녀석에게 많이 들었네. 그리고 개인적으로도 자네의 활약에 대해서는 계속 들어 왔고. 그 녀석을 도와줘서 정말 고맙네."

"고맙긴요. 제가 하고 싶어서 한 일인데요, 뭘."

"……그래서 더 고맙고."

어떠한 이득을 위해서가 아닌 천무진이라는 사람을 위해 싸워 준 그녀. 이런저런 조건으로 인해 돌아설 관계가 아니라는 의미였다.

천무진을 둘러싼 세상은 변하고 있었다.

비단 이번 십천야의 일뿐만이 아니다.

천룡성의 주인이 된 이상 그에겐 무림을 지켜 내야 할 의무와 책임이 있었다.

하지만 그 천무진을 도울 조력자들 중에 자신은 없었다.

천운백은 나이를 먹었고, 결국 언젠가는 천무진 혼자 남게 될 것이다.

그렇게 홀로 남은 천무진이 지켜 나가야 할 무림.

그런 그의 곁에 이런 능력 있고, 마음의 위안이 되어 줄 사람이 있다는 건…… 너무도 큰 축복이었다.

천운백이 말했다.

"내 제자 녀석과 연인 사이라 들었는데. 자네가 고생이 많겠어. 내 제자지만 귀여운 구석이 영 없는 놈이라…… 어릴 적엔 그리도 귀여웠거늘 나이를 먹으니 이거야 원."

과거의 기억을 떠올리며 가볍게 혀를 차는 천운백이었고, 그의 말에 백아린이 눈을 빛내며 물었다.

"그렇게 귀여웠어요? 사실 그 사람 어렸을 때 어땠을지 너무 궁금하거든요."

"말해 무엇 하나. 그놈이 얼마나 귀여웠냐면……."

백아린의 질문에 천운백이 기다렸다는 듯 천무진과의 어릴 적 일화를 줄줄이 쏟아 내기 시작했다.

말을 하는 내내 천운백의 얼굴엔 감출 수 없는 미소가 감돌았다.

그만큼 그에겐 아름다운 추억이었고, 행복했던 시간들이었으니까.

백아린에게 천무진의 어린 시절 이야기를 한참이나 말해 대던 천운백은 잠시 말을 멈추고는 차로 입술을 축였다.

천무진의 어린 시절 이야기로 대화를 이어 가는 것은 실로 즐거운 일이었다.

이런 이야기만으로도 밤새 떠들 수 있었고, 그럴 수 있는 여유가 있었다면 좋았겠지만…….

적화신루의 일로 바쁜 백아린을 부른 것이 이런 이야기를 나누기 위해서일 리가 없었다. 단둘이 만나고 싶다는 의사를 전달했던 그날부터 오늘이 오면 반드시 해야만 하는 말이 있었다.

그랬기에 천운백은 즐거웠던 이야기를 멈추고 본론으로 들어갔다.

"자네를 따로 부른 건 꼭 해 줘야 할 이야기가 하나 있어서네."

말투는 여전히 부드러웠지만 방금 전 천무진의 어린 시절을 이야기해 주던 때와는 분위기가 많이 달라진 목소리였다.

그런 천운백을 향해 백아린 또한 진중한 표정으로 답했다.

"그게 뭔가요?"

백아린의 물음에 천운백이 낮게 가라앉은 목소리로 말했다.

"굳이 내가 상기시키지 않아도 알겠지만, 지금부터 내가 해 주는 이야기는 절대 새어 나가서는 안 되는 비밀일세. 심지어…… 무진이에게도 말해서는 안 되네."

지금 나눌 대화에 대해 천무진에게조차 이야기해서는 안 된다는 말에 백아린의 표정이 짐짓 심각하게 변했다.

그 상태에서 천운백이 이야기를 꺼냈다.

"지금 마교 교주 악자헌에게 해독약을 먹인 상탤세."

"해독약이요? 설마 의선께서 흑주염의 해독약을 완성하신 건가요?"

의뢰를 한 당사자임에도 불구하고 전혀 전달받지 못한 얘기였다. 놀라는 그녀를 향해 천운백이 고개를 끄덕이며 답했다.

"맞네."

재차 확인시켜 주는 천운백의 모습에 백아린은 놀라면서도 왜 이걸 천무진에게도 말하지 말라고 하는지 알아차릴 수 있었다.

지금 천무진의 상황을 잘 알고 있기 때문이다.

그는 자신의 의지와는 달리 어르신인 천지광의 명을 어기지 못한다.

그랬기에 천무진에게 이런 사실이 들어갔다가는 천지광이 이에 대해 물어온다면 결국 사실을 밝힐 수밖에 없었다.

그런 천무진의 상황을 알면서도 천운백은 많은 걸 그에게 알려 줬고, 전해 줬다.

그럼에도 불구하고 이처럼 감추는 일이라면…… 이건 절대 십천야의 귀에 들어가서는 안 되는 일이라는 의미였다.

그만큼 중요한 비밀.

그걸 자신에게 말해 주는 천운백의 모습에 백아린이 조심스레 그의 의중을 물었다.

"그런데 이런 정보를 제게 주셔도 괜찮을까요? 저에 대해 잘 모르시잖아요."

천운백이 담담히 답했다.

"개인적으로는 잘 모르지. 하지만 이거 하나는 알고 있지 않은가."

"……?"

"내 제자가 가장 믿고 있는 사람이라는 거."

그의 입을 통해 저번 생이 얼마나 비참했는지를 전해 들었다. 그로 인해 그 누구도 쉽게 믿지 못하게 되었다는 것도.

그런 천무진이 누구보다 믿는 상대.

천운백이 믿지 않을 이유가 없었다.

그가 웃으며 말을 이었다.

"난 그 녀석이 결국 자신을 되찾을 거라고 믿네. 그리고 스스로의 의지로 십천야와의 싸움을 매듭지을 거라고도 생각하고. 그러니 이 일에 대해서는 자네가 미리 알아 둬야지.

측근에 있는 자네가 이 사실을 알아야 추후 뭔가를 계획함에 있어 이 같은 사실 또한 염두에 둘 수 있지 않겠는가."

긴 이야기가 끝이 나자 백아린은 고개를 끄덕였다.

"대협의 뜻은 알겠습니다. 말씀하신 대로 잘 기억하고 있다가 천 공자에게 이 정보가 필요할 때가 오면 요긴하게 사용하도록 할게요."

걱정 말라는 듯한 말투.

그러자 천운백이 가볍게 말을 받았다.

"적화신루의 루주니 자네만큼 이 정보를 잘 사용할 사람은 없겠지."

천운백의 그 한 마디에 백아린이 움찔했다.

그녀가 조심스레 물었다.

"천 공자님에게 들으신 건가요?"

"그럴 리가. 자네의 비밀인데 아무리 스승이라고 해도 함부로 말할 녀석이 아니지."

"그럼 어떻게……."

"난 생각보다 많은 걸 알고 있거든. 자네가 검왕의 제자라는 것도 알고 있지."

검왕이라는 말에 백아린은 다시 한 번 놀랄 수밖에 없었다. 세상에 전혀 알려지지 않은 그 모든 것들을 대체 어떻게 아는 건지 알 수 없었지만…….

그녀가 놀란 감정을 추스르는 사이 천운백이 말을 이었다.

"아, 혹시 시간을 좀 더 써도 괜찮은가?"

"그럼요. 무슨 도움이 필요하신 거라도 있으신 건가요?"

"사실 오늘 보자고 한 건 방금 말한 이 일에 대해 전해 주려고 한 것인데…… 어쩌다 보니 할 이야기가 하나 더 늘었거든."

"그게 뭔가요?"

물어오는 백아린을 향해 천운백이 작게 고개를 저으며 입을 열었다.

"이건 내가 할 이야기는 아닌 것 같아서 말이야. 바깥으로 나가 보게. 그곳에서 자네를 기다리고 있는 사람이 있을 테니. 이리 만나서 반가웠네."

천운백의 말에 백아린은 마주 앉아 있는 그를 향해 답했다.

"또 봬요. 그 사람의 어린 시절 이야기가 더 듣고 싶거든요."

"하하하! 그거야말로 반가운 소리군그래."

천운백이 크게 웃었다.

자리에서 일어난 백아린이 포권을 취하며 깍듯이 예를 갖췄다.

"뵙게 되어 영광이었어요. 천룡성의 주인이셨고, 자신의 인생 전부를 무림을 지키기 위해 살아오신 분께 후학이 감사의 인사 전합니다."

"……나 또한 그대를 만나 영광이었네."

천운백이 진지한 표정으로 백아린을 향해 포권을 취했다.

포권을 푼 그녀가 짧게 말했다.

"그럼 이만."

그 말을 마지막으로 몸을 돌려 사라지는 백아린의 뒷모습을 보며 천운백은 작게 고개를 끄덕였다.

짧은 만남.

그렇지만 그 길지 않은 시간만으로도 왜 자신의 제자가 저 여인에게 빠졌는지 조금은 알 것 같은 기분이 들었다.

그리고 덩달아 누군가 한 사람이 떠올랐다.

평생을 사랑했지만, 결국은 이리도 긴 시간 마음에만 간직해 둘 수밖에 없던 여인.

화산파의 화산옥녀 조수아.

자신은 사랑하는 그녀를 옆에 두지 못했다.

하지만 천무진은 달랐다.

천운백이 픽 웃으며 중얼거렸다.

"네 옆에 저 여인이 있으니…… 이제 한시름 걱정을 덜어도 되겠구나."

천운백의 말대로 다른 누군가가 기다리고 있을 거라는 외부로 나섰을 때였다.

바깥에 나서자마자 그곳에서 자신을 기다리고 있는 상대를 발견한 백아린이 놀란 듯 입을 열었다.

"의선 어르신?"

누군가가 기다릴 거라는 건 이야기를 들어 알았지만 그게 의선일지는 몰랐다.

여러 가지 이유로 바쁜 그가 다른 곳까지 와서 자신을 기다리고 있었으니 예상하지 못할 만도 했다.

그리고 이렇게까지 의선이 자신을 만나기 위해 왔다는 건 곧 뭔가 중요한 이야기가 있다는 의미이기도 했다.

백아린을 향해 의선이 말했다.

"자네에게 급히 전할 말이 있었는데, 이리 만날 일이 있다 하여 천 대협께 부탁해 기다리고 있었네."

"말씀 주셨으면 제가 찾아뵀었을 텐데……."

"한시라도 빨리 전하고 싶은 이야기라 말일세."

"대체 뭔데 이리 급히 찾아오신 건가요?"

백아린의 질문에 곧장 의선이 답했다.

"그때 자네와 천 공자께서 가져온 물건을 기억하는가?"

"가져온 물건이라면 뭘 말씀하시는 건지……."

백아린이 말끝을 흐리며 되물었다.

의선에게 의뢰를 한 것이 꽤나 많았기에 개중에 뭘 물어보는 건지 단번에 알아차리기 어려웠던 것이다.

그러자 의선이 보다 자세히 설명했다.

"그 있잖은가. 외양이 신비했던 붉은 보석."

"아, 그럼요. 기억하죠."

검산파에서 훔쳐 온 그 붉은 보석을 어찌 기억하지 못할 수 있겠는가. 당시 갑자기 천무진이 쓰러졌고, 그로 인해 한동안 그의 간호를 했던 기억이 꽤 강렬하게 남아 있었다.

백아린이 곧바로 눈을 빛내며 말을 이었다.

"혹시 그 보석의 정체를 알아내신 건가요?"

의선에게 의뢰를 한 많은 것 중에는 이미 조사가 끝났거나, 한창 뭔가 단서가 나오고 있는 것들이 대부분이다.

그렇지만 유독 그 붉은 보석에 관해서는 그간 일언반구도 없었던 의선이다.

뭔가 자그마한 단서조차 알아내지 못하고 있었던 탓이다.

그랬기에 언제부턴가 그것에 대해서는 따로 질문을 하지 않고 있었는데…….

정체를 알아냈냐는 질문에 의선이 몸을 돌리며 답했다.

"설명보다는 직접 눈으로 보는 게 빠르겠지. 날 따라오게."

말과 함께 의선은 백아린을 대동한 채로 서둘러 움직이

기 시작했다.

그는 이내 어떤 장원으로 백아린을 안내했고, 그 장소의
내부로 향했다.

목적지는 장원 깊숙한 곳에 자리하고 있었는데 연구를
하기 위해 만들어진 장소로 마의와 의선을 제외하고는 출
입이 불가능한 공간이기도 했다.

그렇게 백아린을 데리고 안으로 들어선 의선은 곧장 옆
에 있는 통을 쥐고는 그것을 그녀에게 내밀었다.

"안을 한번 확인해 보게."

통을 받아 든 백아린은 잠시 멈칫했지만 이내 시키는 대
로 뚜껑을 열어 내부를 살폈다.

통 안을 살펴본 백아린의 눈꼬리가 떨려 왔다.

"이건……."

몇 마리의 자모충이 들어가 있는 통 내부.

그 안은 자모충이 죽지 않도록 그들이 살 수 있는 최소한
의 환경이 구비되어져 있었다. 그런데 그곳에 자리한 자모
충들은 하나 같이 말라비틀어져 죽어 있었다.

자모충들은 남만에서만 서식하는 벌레로 쉽사리 구하기
도 어려웠다. 그랬기에 의선이 얼마나 조심스레 다뤘는지
백아린 또한 잘 알고 있었다.

그런데 놀랍게도 자모충이 죽어 있었다. 그것도 다소 괴

이한 모습으로 말이다.

그렇지만 백아린은 당장에 큰 의문은 가지지 못했다. 아직 이 상황에 대해 정확히 파악하지 못하고 있었던 탓이다.

백아린이 자신을 향해 시선을 주는 걸 확인한 의선이 입을 열었다.

"보았는가?"

"네, 봤어요. 자모충들이 모두 이상하게 죽어 있긴 한데 왜 이렇게……."

"어제 아주 작은 일 하나가 있었네. 바로 방금 전 언급했던 그 붉은 보석을 이 방 안에 가져다 두었거든."

"……네?"

그 말을 듣기 전까지만 해도 뭔가 작은 문제가 생긴 건가 정도로 생각했던 백아린이었지만, 여기까지 이야기를 듣자 뭔가 직감적으로 큰 단서를 잡아챘다는 예감이 들었다.

의선이 자세한 상황 설명을 이어 갔다.

"자네가 들고 있는 통 안에 있는 자모충들뿐만이 아닐세. 이 방 안에 있던 모든 자모충이 죽었더군."

"대체 이 보석이 뭐기에 그런 일이 일어난 걸까요?"

"그거야 모르지. 하지만 하나 분명한 건…… 이 보석이 자모충을 죽이는 치명적인 뭔가를 뿜어내는 건 분명하다는 걸세."

의선은 확신했다.

그랬기에 곧바로 이곳에 따로 보관하고 있던 자모충을 통해 실험을 시작했고, 추가적으로 몇 가지 사실들을 더 확인할 수 있었다.

그리고 그걸로는 모자라 곧바로 남만에 연락을 넣어 추가적으로 보내오기로 한 자모충을 보다 빠르게 받아 볼 수 있게 해 달라고 부탁까지 한 상황이었다.

의선이 의미심장한 어조로 말했다.

"천 공자께서 이 보석을 접했을 때 고통을 느꼈다고 하지 않았는가."

백아린이 크게 고개를 끄덕였다.

다른 이들에게는 아무런 영향도 주지 않았던 붉은 보석이었거늘, 천무진만큼은 달랐다.

그 이유를 알 수 없어 이상하다 생각했는데 이제는 알 것 같았다.

그녀가 놀란 얼굴로 말했다.

"의선께서 하시려는 말이 혹시……."

의선이 확신 어린 표정으로 말했다.

"천 공자의 몸 안에 자모충이 있네. 그것도…… 아주 괴물 같은 놈으로."

　　　　　*　　　　*　　　　*

"뭐? 자모충?"

백아린이 가져온 정보에 천무진의 눈동자가 커졌다.

사실 놀랄 일은 아니었다.

자모충의 존재를 처음 알았을 때도, 적련화에게 자신이 조종당하던 그때도 천무진은 자신의 몸 안에 자모충이 있는 게 아닐까 의심했었다.

자모충이라는 벌레 자체가 흑주염으로 만든 몽혼약의 효과를 극대화시켜 사람을 조종할 수 있게 만드는 벌레라 들었다.

그 모든 것이 과거 자신의 삶과 겹쳤으니까.

하지만 적련화에게서 빠져나오고, 그녀가 죽은 이후 천무진은 자모충에 대한 걱정을 지웠었다.

더는 그것의 존재가 자신에게 영향을 끼치지 않을 거라 생각했기 때문이다.

거기다가 그는 운기조식을 통해 하루에도 수차례 몸 내부를 살피는 무인이다. 그토록 긴 시간 몸 안에 벌레가 있었는데 아직까지 모르고 있다는 것도 쉽사리 납득하기 어려웠다.

그랬기에 자신이 과한 우려를 하는 것은 아닐까 생각했

는데…… 백아린이 가져온 정보에 따르자면 검산파에서 훔쳤던 그 붉은 보석이 자모충을 죽게 만들었다고 했다.

그렇다면 당시 천무진이 느꼈던 그 고통 또한 말이 됐다. 갑자기 찢어질 듯한 복통을 느끼며 스스로를 통제조차 하지 못하고 쓰러졌었다.

그 정체불명의 고통.

그것이 자모충으로 인한 것이었다니…….

그때 백아린이 조심스레 말했다.

"혹시 당신이 십천야의 수장이라는 그자의 말을 따를 수밖에 없는 것이 그 자모충 때문 아닐까요?"

"……."

기억을 되찾은 이후로는 딱히 생각해 본 적 없는 의문이었다.

이토록 자신의 의지가 있는데 자모충이라는 벌레 때문에 조종을 당할 거라고는 생각하지 않았으니까.

무림에는 고독(蠱毒)이라는 것이 있다.

사람을 저주하거나, 망가트리는 데 사용되는 지독한 종류의 벌레를 뜻한다. 그리고 개중 일부는 인간의 몸 안에 기생하며 특별한 반응을 이끌어 내기도 했다.

일례로 각자의 몸에 한 쌍의 고독을 각각 넣어 놓고, 한 명이 죽으면 다른 반대편을 지닌 이도 죽는 종류의 것에 대해서는 알고 있다.

자모충 또한 그런 종류의 하나라는 건 알았지만 설마 이런 식으로 사람을 조종할 수 있게 만드는 고독일 거라고는 생각조차 못 했다.

하지만 지금으로선 천지광을 따를 수밖에 없는 이유 모를 자신의 상태를 그저 세뇌 하나 때문이라고 보기는 어려웠다.

그렇다면 지금으로선 자모충이 가장 유력한 이유 중 하나인데…….

백아린이 재차 물었다.

"혹시 자모충을 먹은 적이 있어요? 아니면 뭔가 의심스러운 상황이라도요."

그녀의 말에 천무진은 과거의 기억을 더듬어 봤다.

천무진의 기억은 과거를 거슬러 올라가 천지광과 함께 살았던 시간에 도달했다.

약 일 년여의 기간 동안 천지광의 거처에서 살았다. 그곳에서 천무진은 세뇌를 당하며 십천야를 위한 사람으로 키워졌었다.

분명 그곳에서 갖은 일들이 있긴 했지만 자모충이라는 벌레를 먹은 기억은 없었다. 만약 자모충을 직접적으로 먹었다면 그걸 기억하지 못할 리가 없지 않은가.

그렇게 뭔가를 떠올리기 위해 기억을 짜내던 천무진의 눈이 번쩍했다.

천지광과 살았던 일 년이라는 시간.

그 기간 중에 대략 보름 가까이 크게 앓았던 적이 있다. 당시엔 어린아이였으니 아픈 일이야 부지기수였고, 별다른 문제 없이 나았기에 의문을 가지지 않았었다.

감기처럼 고열에 시달렸고, 밤에는 잠도 자지 못할 정도의 복통이 그를 괴롭혔었다.

이것만 놓고 본다면 이상할 건 없었다.

다소 기간이 길긴 하지만 어린아이에게 으레 찾아올 수 있는 잔병치레라고 볼 수도 있었으니 말이다.

이상한 건 바로 천지광의 태도였다.

그 일 년 동안 천무진은 몇 차례 아팠던 적이 있었다. 그렇지만 개중 그 어떠한 때도 천지광이 그에게 신경을 쓴 적은 없었다.

그런데 유독 그 기간은 달랐다.

수시로 천무진의 몸 상태를 확인했고, 의원을 통해 계속해서 몸에 좋은 약을 먹였었다.

"설마……."

만약 지금 자신이 생각하는 그때가 맞는다면 천지광이 그 당시 그토록 신경을 쓴 이유 또한 자신 때문이 아니라는 소리다.

그가 건강을 염려했던 건 천무진이 아닌, 그의 몸 안에 들어간 자모충이었을 테니까.

뭔가를 생각해 낸 듯한 천무진의 모습에 백아린이 서둘러 물었다.

"뭐 생각난 거라도 있어요?"

"확실한 건 아닌데 의심스러운 건 하나 있어. 어릴 때 크게 아팠던 적이 있는데, 그 당시 그가 평소랑 다르게 나에게 무척이나 신경을 쓰더군. 그때는 별생각이 없었는데 지금 생각해 보니 그렇게 신경을 써 주는 것이 그자답지 않아서 말이야."

당시를 특정해서 기억해 내자 어릴 때의 기억이라 전부는 아니지만, 일부의 것들이 연결되어 함께 떠올랐다.

그리고 그중 하나.

고열에 시달리며 괴로워하던 천무진에게 천지광이 내뱉었던 한마디 말.

–참아라. 어제 먹은 단환으로 인해 신체에 변화가 생겨서 이러는 것뿐이니.

그 말이 떠오르자 자연스레 아프기 직전에 단환 하나를

먹었던 것이 기억났다. 그것은 정체를 모를 커다란 단환이었다.

새카맸고, 냄새 또한 퀴퀴했다.

그렇지만 천무진은 천지광이 시키는 대로 그 단환을 먹어야만 했다. 단환을 먹을 때 천지광은 말했다. 결코 씹어서는 안 되고, 통째로 삼켜야만 한다고.

어린 천무진이 삼키기엔 다소 큰 단환이었지만, 그는 시키는 대로 그걸 그대로 삼켰다.

그것까지 기억해 내자 고민할 이유가 사라졌다.

천무진은 의자에 기댄 채 손바닥으로 얼굴을 감쌌다.

"……그때였군."

그토록 어릴 때부터 몸 안에 자모충이라는 벌레를 품어 왔다는 사실이 실로 끔찍했다. 유쾌한 소식은 아니었지만, 그래도 다행이었다.

문제를 찾았다는 건 곧 해답을 찾을 수 있다는 것과도 같았으니까.

천무진은 스스로의 삶을 살기 위해 천지광의 손아귀에서 벗어나고자 했다. 허나 지금까지는 그 방법을 찾지 못하고 있던 상태였다. 그렇지만 모든 문제의 원인이 자모충이라면 해답은 찾은 것이나 다름없었다.

몸 안에 자리 잡은 자모충을 죽이면 되니까.

천무진이 곧장 물었다.

"그럼 검산파의 그 보석으로 내 몸 안에 있는 자모충을
죽일 수 있다는 건가?"

그의 질문에 백아린이 고개를 끄덕이며 답했다.

"아마도요."

"좋아, 그럼 지금 당장……."

"잠시만요."

자리에서 일어나 움직이려는 천무진을 백아린이 다급히
막아섰다.

의선의 연구실에서 자모충들이 모두 죽었고, 추가적인
실험을 통해 그것이 검산파에서 훔쳐 온 보석 때문이라는
사실도 확인했다.

하지만…….

백아린이 나지막한 목소리로 말했다.

"문제가 하나 있어요."

"문제라니?"

"사실 의선 어르신과 이야기를 좀 나누어 봤는데…… 자
모충을 없애는 게 그리 간단하지는 않을 것 같아요."

단순히 그 보석을 가까이하는 것만으로 자모충이 죽고,
그대로 천무진의 모든 문제가 해결된다면 얼마나 좋을까.

하지만 일은 생각보다 간단하지 않았다.

백아린이 의선에게서 들은 이야기를 전달했다.

"자모충에 대해서는 당신도 어느 정도 알 거예요. 어미와 새끼로 나눠진 벌레죠. 의선 어르신은 확실하게 상황을 파악하기 위해 남아 있는 자모충으로 실험을 하셨대요. 동물에게 자모충을 먹였고, 그 결과 몇 가지 사실을 확인하셨어요."

천무진은 묵묵히 고개를 끄덕였고, 곧바로 백아린이 설명을 이어 나갔다.

"붉은 보석으로 자모충을 죽이는 동안 대부분의 동물들이 마치 목내이(木乃伊:미이라)처럼 말라비틀어지기 시작했다는군요."

끔찍한 결과.

그렇지만 천무진은 다른 쪽에 주목했다.

"대부분이라면…… 살아남은 동물도 있다는 의미인가?"

"정확해요. 아주 극소수지만 살아남은 동물들도 있었어요. 그리고 그것들한테는 공통점이 하나 있었죠."

"그게 뭐지?"

"자모충 중에서 어미가 아닌 새끼에 속하는 벌레를 먹은 것들이라는 거예요."

새끼벌레를 먹은 모두가 산 건 아니다.

그렇지만 살아남은 동물 모두가 새끼벌레를 먹었다는 것

또한 결코 좌시할 수 없는 부분이었다.

물론 천무진을 그런 동물들과 완전히 똑같이 분류할 순 없었다. 신체적 구조도 달랐고, 결정적으로 천무진은 뛰어난 무인이었다.

몸 내부에서 일어나는 일에 반응을 할 능력이 있다는 의미였다.

백아린이 말을 이었다.

"게다가 당신의 경우는 조금 더 이상하게 보인다고 하시더라고요."

"이상하다니? 뭐가?"

"당신은 직접적으로 그 보석을 만졌고, 또 꽤나 긴 시간 노출되었었잖아요. 의선 어르신의 연구에 따르자면 그 정도라면 이미 몸 안에 있는 자모충이 죽었어야 한다고 하시더군요. 그게 제아무리 어미 쪽 벌레라고 해도요. 당신이야 무인이라 버텼다고 생각할 수도 있겠지만 자모충까지 살아 있는 건 뭔가 의심스럽다고 하시더라고요."

당시를 버텨 낸 후 별다른 이상 징후는 없었던 데다, 계속 조종을 당하는 걸 보아하니 자모충은 여전히 몸 안에 남아 있을 확률이 컸다.

그런데 아직 몇 차례의 실험을 했을 뿐이지만 자모충은 결코 그런 상황을 버텨 내지 못했다.

그럼에도 불구하고 천무진이나 자모충 모두 죽지 않은 지금의 상황.

대체 이유가 무엇일까?

그 모든 것에 대해 알고, 또 정확한 해결책을 찾기 위해서는 지금으로선 당사자인 천무진이 직접 나설 수밖에 없었다.

백아린이 조심스레 물었다.

"지금으로선 여러 가지 의문들이 많아 정확한 건 의선 어르신을 만나 직접 확인해 봐야 하는데…… 괜찮겠어요?"

백아린은 천무진이 걱정이었다.

붉은 보석을 접했을 당시 고통스러워하던 그를 보았고, 동물들이 죽었다는 사실도 전해 들었다.

제아무리 상태를 치료하기 위해서라고는 하지만 목숨이 위험할지도 모르는 실험이었다.

그렇지만 지금으로선 다른 방도가 없음을 천무진은 잘 알고 있었다.

그랬기에 천무진은 망설임 없이 고개를 끄덕였다.

"얼마든지."

그런 그에게 가까이 다가온 백아린이 천무진을 올려다보며 걱정스러운 얼굴로 말했다.

"많이 아플 텐데……."

"그거 알아?"

"뭘요?"

자신을 물끄러미 올려다보는 백아린의 뺨을 손으로 감싸 안은 천무진이 허리를 살짝 굽혀 시선을 맞춘 채로 입을 열었다.

"지금 실험을 해야 하는 나보다 당신이 더 울상인 거."

"치잇, 지금 농담할 때에요?"

불만 어린 말을 토해 내는 백아린을 향해 천무진이 픽 웃어 보이고는 이내 손으로 그녀의 머리를 쓰다듬었다.

"그러니까 걱정하지 말라고. 당신이 그런 표정 짓고 있으면 내 마음이 아프잖아."

"……."

말과 함께 천무진은 마치 웃으라는 듯 손가락으로 백아린의 양쪽 입꼬리를 꾹꾹 눌렀다. 그런 그의 행동에 결국 그녀 또한 천무진과 마찬가지로 미소를 지어 보였다.

그제야 백아린의 입가를 누르던 손가락을 뗀 천무진이 자세를 바꾸며 그녀의 손을 잡았다.

"좋아, 그럼 슬슬 가 볼까?"

아무런 일도 아닌 것처럼 담담하게 말하는 천무진.

그리고 그런 그의 모습에 백아린 또한 크게 고개를 끄덕였다.

천무진이 머무는 귀림원과 꽤나 멀리 떨어져 있는 의선의 연구실.

그곳에 도착했을 때는 이미 해가 질 무렵이었다.

의선이 찾아온 천무진을 반겼다.

"오셨습니까."

"오랜만입니다, 어르신."

꽤나 오랜만에 만나는 의선에게 천무진이 인사를 건넸다.

함께 온 백아린까지 세 사람은 의선의 방에 있는 탁자에 둘러앉았고, 이내 천무진이 이야기를 시작했다.

"이야기는 대충 전해 들었습니다. 자모충에 대해 이것저것 알아내셨다더군요."

"예, 그렇습니다. 이전에 들은 얘기로 미루어 보아 천 공자의 몸 안에 자모충이 있다고 보이는데…… 어찌 생각하십니까?"

"저도 동감합니다. 곰곰이 생각해 보니 과거에 뭔가 미심쩍은 일도 있었더군요."

"……그렇습니까?"

말을 하는 의선의 표정은 좋지 못했다.

천무진을 위해 그를 이곳에 부른 것이라고는 하지만 다른 일도 아닌 그의 몸으로 실험을 하기 위한 것이나 마찬가지였다.

살아 있는 인간을 실험체로 쓴다는 것은 의선으로서도 그리 내키는 일은 아니었다.

더군다나 일전에 이 붉은 보석으로 인해 고통받은 전적이 있으니 굳이 확인해 보지 않아도 이 실험이 천무진에게 있어 무척이나 고통스러울 거라는 것도 알고 있었다.

의선이 물었다.

"꽤나 힘드실 겁니다. 그래도…… 해 보시겠습니까?"

물어오는 의선의 질문.

그러자 천무진이 기다렸다는 듯 답했다.

"제가 이곳에 온 것 자체로 그 대답은 되지 않았겠습니까?"

그런 고통 정도 감내할 수 없었다면 이곳에 오지도 않았다.

곧 자신에게 찾아올 고통이 어느 정도일지 누구보다 잘 알고 있는 천무진이다. 한번 경험을 해 보았으니, 그것이 얼마나 큰 고통인지 모르지 않았고 그랬기에 두렵기도 했다.

그렇지만 이겨 내야만 했다.

그래야 소중한 것들을 지켜 낼 수 있었으니까.

스스로의 의지로 이 세상을 살아갈 수 있었으니까.

의선이 물었다.

"그럼 언제 시작을……."

"머뭇거릴 필요 뭐가 있습니까?"

말을 끝낸 천무진이 곧장 자리에서 일어났다.

그가 자신을 올려다보는 백아린과 의선을 번갈아 바라보며 흔들림 없는 목소리로 말했다.

"바로 시작하시죠."

8장. 사선의 경계
— 만나러 가야겠다

결정을 내린 천무진은 의선의 안내를 따라 다른 장소로 이동했다. 원래의 장소 또한 무척이나 은밀한 곳이었지만 지금 도착한 곳은 더더욱 그러했다.

결코 외부로 드러나서는 안 되는 실험을 해야 했기 때문이다.

백아린은 멀찍이 떨어져서 걱정스러운 표정을 최대한 감췄다. 자신이 그러고 있으면 천무진 또한 신경을 쓸 거라는 걸 알았으니까.

그렇게 백아린이 걱정을 감춘 채로 마주 선 천무진과 의선을 바라보고 있을 때였다.

천무진의 앞에 자리한 의선이 조심스레 입을 열었다.

"준비는 되셨습니까?"

"제 눈치 안 보셔도 됩니다. 생각하신 대로 한번 가 보죠."

확신 어린 천무진의 발언에 의선은 고개를 끄덕이고는 슬쩍 장소를 벗어났다. 그리고는 이내 다시 돌아온 그의 손에는 나무 상자 하나가 자리하고 있었다.

천무진은 직감적으로 알 수 있었다.

저 안에 검산파에서 가져온 그 붉은 보석이 있다는 사실을.

가까이 다가온 의선이 천무진의 얼굴을 살피며 물었다.

"어떠십니까?"

"……아직은 괜찮습니다."

뭔가 조금씩 불편해지는 것 같다는 생각이 들긴 했지만 그렇다고 해서 몸에 무리가 느껴지는 건 아니었다. 천무진의 말을 들은 의선이 말했다.

"그럼 본격적으로 시작해 보겠습니다. 너무 고통스러우시면 손으로 신호를 보내 주시면 됩니다. 그럼 곧바로 멈출테니."

말을 끝낸 의선이 닫혀 있던 뚜껑을 열었다.

그리고 그 안에는 검은 물방울무늬가 박혀 있는 붉은 보석이 자리하고 있었다.

천무진은 그 보석을 물끄러미 내려다봤다.

검산파에서 직접 이 보석을 훔쳤고, 품에 넣은 채로 그 비밀 장소를 빠져나왔다. 그렇게 잠시 동안 아무렇지 않았지만 이내 지독한 고통이 밀려왔다.

그런데 이번엔 그때보다 반응이 빨랐다.

"으음."

천무진이 낮게 신음 소리를 토해 냈다.

당시엔 그래도 직접 손을 대고 어느 정도 시간이 흐른 후에 고통이 밀려들었었는데, 지금은 그때의 절반도 안 되는 시간 만에 묘한 감각이 느껴지기 시작한 것이다.

조금씩 숨이 가빠 왔고, 손끝이 미세하게 떨려 왔다.

마치 몸이 고통을 기억이라도 하는 듯이 빠르게 상태가 나타나고 있었다.

그렇지만 천무진은 거기서 멈추지 않았다.

떨리는 손을 들어 올린 그가 말했다.

"그럼 곧바로 가 보죠."

말과 함께 천무진은 그 붉은 보석을 움켜쥐었다. 그리고는 곧바로 그걸 허공으로 들어 올려 자신의 가슴팍에 가져다 댔다.

천무진의 거침없는 모습에 그저 멀리서 이 상황을 마음 졸이며 보고만 있던 백아린이 움찔했다.

마음 같아선 당장이라도 달려가 그가 쥐고 있는 저 붉은 보석을 빼앗고 싶었다.

그렇지만 그녀는 참아야만 했다.

지금 천무진이 어떠한 각오로 이곳에 섰는지를 잘 아니까.

보석을 쥔 채로 서 있는 천무진의 모습을 보던 의선이 재빠르게 머릿속으로 시간을 계산하며 질문을 던졌다.

"괜찮으신 겁니까?"

그의 물음에 천무진이 보석을 쥔 손을 바라보며 말을 받았다.

"뭐 지금은 버틸 만합니다만 점점 아랫배가 아픈 게 곧 신…… 우욱!"

참기 힘들 정도로 큰 고통이 순식간에 찾아들었다. 천무진의 얼굴이 일순 새하얗게 변했고, 그는 힘이 풀린 듯 자리에 주저앉았다.

순간 혼절해도 이상하지 않을 정도로 큰 고통이 전신으로 밀려왔지만 천무진은 정신을 붙잡았다. 그리고 오히려 떨리고 있는 손에 힘을 불어넣었다.

꾸욱.

그는 절대 놓치지 않겠다는 듯 보석을 움켜쥐었다.

바닥에 주저앉은 천무진의 몸은 거의 마비가 된 것처럼

움직이기 어려웠다. 하지만 그 와중에도 천무진은 보석을 쥔 손가락에 최대한 힘을 집중시켰다.

예전엔 고통이 찾아옴과 동시에 쓰러지면서 품에 있던 이 보석이 몸에서 떨어져 나갔었다.

그럼에도 불구하고 고통이 계속되었었는데 지금은 오히려 놓치지 않겠다는 듯 더욱 강하게 쥐고 있는 상태.

고통이 더욱 심해질 수밖에 없었다.

"컥컥……."

열린 입을 통해 연신 거친 소리가 터져 나왔고, 급기야는 숨이 넘어갈 듯이 몸이 비틀렸다.

놀란 의선이 서둘러 천무진의 손에 들린 보석을 빼앗으려고 할 때였다.

"조, 조금만 더!"

천무진의 외침에 움직이던 의선은 멈칫할 수밖에 없었다.

이미 식은땀으로 범벅이 된 천무진은 제대로 앞을 분간하기도 어려울 지경이었다.

그럼에도 불구하고 천무진은 이 고통의 근원을 알아내기 위해 집중했다. 온몸에 안 아픈 곳이 없었다. 그렇지만 결국 모든 고통의 시작점은…….

그때였다.

"푸웃!"

입에서 한 사발은 될 법한 피가 쏟아져 나왔고, 천무진의 몸이 천천히 무너져 내렸다. 그 순간 계속 바라보고만 있던 백아린이 움직였다.

쉬익!

빠르게 날아든 그녀의 손이 천무진의 손바닥 위에 자리하고 있던 보석을 쳐 냈다.

보석은 곧바로 멀리 떨어진 곳으로 날아가 버렸고, 동시에 백아린은 바닥으로 고꾸라지는 천무진의 머리를 아슬아슬하게 감싸 안았다.

품에 안은 천무진의 몸은 크게 경련하고 있었고, 동시에 숨은 금방이라도 넘어가 버릴 것처럼 다급했다.

백아린이 소리쳤다.

"어르신!"

검산파에서는 의원에게 데려가기 위해 한참을 달렸던 그녀다. 하지만 지금은 상황이 달랐다.

옆에는 중원 최고의 의원 중 한 명인 의선이 있었으니까.

그리고 이미 백아린이 부르기도 전에 의선 또한 천무진을 위해 움직이고 있었다. 그가 다급히 도구들을 챙겨 천무진의 상태를 살피기 위해 옆으로 다가왔다.

부들부들 떨며 경련하고 있는 천무진의 손을 백아린이 꽉 움켜쥐었다.

그가 들을 수 있을지 없을지는 모른다.

그만큼 상태가 좋지 않았으니까.

그럼에도 불구하고 백아린이 손을 꼭 쥔 채로 말했다.

"조금만 참아요. 괜찮아질 거예요."

스르륵.

백아린의 그 말을 끝으로 크게 경련하던 천무진이 혼절했다.

천무진이 눈을 뜬 것은 그로부터 네 시진에 가까운 시간이 흐른 후였다.

그가 힘겨운 신음 소리와 함께 뒤척일 때였다.

"일어났어요?"

옆에서 한 시도 떨어지지 못한 채로 자리하고 있던 백아린이 침상에 누워 있는 천무진을 향해 자신의 얼굴을 들이밀었다.

힘겹게 눈을 뜬 천무진은 순간적으로 지금 이 상황이 이해가 안 가는지 멍한 눈으로 주변을 둘러봤다.

온몸의 뼈마디가 쑤셨고, 장기마저 아프다는 말이 무슨 뜻인지 알 것 같았다.

흡사 몸 안에 있는 장기들이 조각조각 난 듯한 고통이었다.

얼굴은 핏기가 느껴지지 않을 정도로 새하얀 상태였고, 몸을 일으킬 힘조차 남아 있지 않았다.

천무진에게서 마른 논바닥처럼 쩍쩍 갈라진 목소리가 흘러나왔다.

"여기는……."

"걱정 말아요. 의선 어르신의 거처에요. 시간은 네 시진 정도 지났고요."

"어떻게 된 거지?"

"자모충 실험을 했던 건 기억나죠?"

백아린의 질문에 천무진은 미세하게 고개를 끄덕였다. 그러자 그녀가 말을 이었다.

"도중에 돌을 쥔 채로 혼절했어요. 그래서 곧바로 치료를 하고 이곳으로 데리고 온 거고요."

백아린의 말을 듣고 있자 천무진은 점점 방금 전 있었던 일들이 떠올랐다.

그저 고통에 몸부림치던 순간들.

검산파에서 처음 보석을 쥐었을 때도 큰 고통을 겪었었지만, 오늘에 비한다면 그건 아무것도 아니었다.

자리에 누운 천무진이 힘없는 웃음을 흘리며 중얼거렸

다.

"결국 못 버텼군."

"그렇게 가볍게 말할 상태가 아니었어요. 조금만 더 진행되었다면…… 당신 죽었을지도 몰라요."

천무진을 치료했던 것이 의선이 아니었다면, 또 조금만 늦었더라면…… 지금 천무진은 목숨을 장담할 수 없는 상태가 되었을지도 모른다.

백아린의 걱정스러운 말을 들으면서 천무진은 잠깐 눈을 감은 채로 상념에 잠겼다.

엄청난 고통을 받으며 확신할 수 있었다.

예전에 했던 의심대로 몸 안에 자모충이 있다는 사실을. 온몸이 쥐어짜이는 듯한 고통으로 인해 한동안은 쉽사리 움직이기조차 힘들겠지만…….

슬그머니 눈을 뜬 천무진이 입을 열었다.

"고통을 받은 대신, 얻은 것도 하나 있어."

"얻은 거라뇨?"

의미심장한 천무진의 말에 백아린이 놀란 듯 물었을 때였다.

그녀의 물음에 천무진이 답했다.

"그 고통이 어디에서 시작되는지 알았거든."

말을 끝낸 천무진이 자신의 손을 조금씩 움직여 아랫배

에 가져다 댔다.

기(氣)의 시작점인 단전. 바로 그곳이었다.

그리고 자신의 예상이 맞는다면…….

천무진이 입을 열었다.

"여기."

단전에 손가락을 가져다 댄 그가 천천히 말을 이었다.

"바로 여기에 자모충이 있어."

* * *

천운백은 혼자만의 시간을 보내고 있었다.

늦은 밤, 하늘에 뜬 달이 은은한 빛으로 세상을 감싸고 있었다.

그 달빛 아래에서 천운백은 홀로 술잔을 기울였다.

마음 같아서는 천무진과 함께하고 싶었지만…….

'환자를 데리고 술을 마실 수도 없는 노릇이고 말이야.'

의선과의 실험으로 인해 천무진은 큰 내상을 입고 잠시 자리에 드러누운 상태였다. 그런 그에게 술을 마시자고 할 수는 없는 노릇이었고, 그나마 이곳에서 어울리는 의선 또한 무척이나 바빠서 부를 수 없었다.

그랬기에 천운백은 이렇게 홀로 술잔을 기울이고 있었던

것이다.

난간에 기댄 그가 하늘을 올려다보며 중얼거렸다.

"허허, 이거야 원 혼자 술을 마시고 있자니 궁상맞기 짝이 없군그래."

중얼거림과 함께 술잔을 입에 가져다 댄 천운백이 갑자기 허공에 대고 말을 이었다.

"아니면 자네라도 같이 한잔하겠는가."

천운백의 그 말이 떨어지는 순간이었다.

새카만 그림자 하나가 뒤편에서 모습을 드러냈다. 갑작스럽게 누군가가 뒤에서 나타났지만 천운백은 크게 당황하지 않았다.

그는 자신에게 중요한 정보를 가져다주는 인물이었기 때문이다.

죽립으로 얼굴을 가린 그가 답했다.

"잘 지내셨습니까? 건강하신 모습을 보니 한결 마음이 놓입니다."

"허허, 그래 보이는가?"

건강해 보인다는 말에 천운백이 기분 좋게 웃어 보였다. 하지만 웃고 있는 그의 눈빛은 진지했다.

눈앞에 나타난 상대.

자신이 부른 것도 아닌데 그가 스스로 천운백의 앞에 나타났다는 것은 그리 좋지 않은 일이 벌어졌다는 의미였으니까.

천운백이 들고 있던 술잔을 내리며 입을 열었다.

"자네가 나타났다는 것은…… 결국 일이 벌어졌다는 걸로 봐도 되겠는가?"

천운백의 질문에 상대가 잠시 머뭇거리다 고개를 끄덕였다.

그러고는 이내 그자가 말했다.

"걱정하신 것처럼 십천야가 결국 움직이기 시작했습니다. 조만간 가짜 정보가 날아와 그쪽으로 움직이시게 만들 겁니다."

"허허, 내 이런 날이 올까 두려워 그간 그토록 거리를 두었거늘…… 결국 그녀가 표적이 되었군그래."

천운백이 말하는 그녀.

그건 바로 그가 유일하게 사랑했던 여인인 화산파의 조수아를 말하는 것이었다.

천운백은 천룡성의 주인이었다.

그랬기에 그는 사랑하는 여인 조수아를 곁에 두지 못했다. 자신이 곁에 있으면 십천야의 표적이 될 거라는 사실을 알았기 때문이다.

그랬기에 어느 순간부터는 아예 그녀 앞에 나타나지조차

않았었는데…….

그렇게까지 해서 지키고 싶었던 여인이다.

그럼에도 불구하고 조수아가 표적이 되었다는 사실에 천운백의 표정이 급속도로 어두워졌다.

그런 천운백의 모습을 곁눈질로 확인한 상대가 조심스레 말했다.

"죄송합니다. 제가 조금만 더 빨리 그들 속으로 들어갈 수 있었다면 일이 이렇게까지 복잡해지지 않았을 터인데……."

"아닐세. 자네가 그랬다 한들 크게 변한 건 없었을 게야. 이미 천지광은 십천야라는 든든한 방패 뒤에 숨어 있으니 말일세. 제아무리 나라도 그곳에 있는 천지광을 쓰러트릴 수는 없지."

말과 함께 상대에게 다가간 천운백이 그의 어깨를 두드리며 말을 이었다.

"그래도 자네가 그곳에서 활약해 준 덕분에 지금만큼이라도 대비를 할 수 있지 않았는가."

고개조차 들지 못하고 있는 상대를 향해 천운백이 재차 말했다.

"긴 시간 날 위해 고생 많았네…… 남윤."

순간 천운백을 찾아온 상대가 얼굴을 가리고 있던 죽립

을 풀어 젖혔다. 그리고 그곳에서 모습을 드러낸 건 천룡성의 하나뿐인 가솔, 남윤이었다.

천룡성의 가솔, 그렇지만 배신자로 십천야의 수장인 천지광과도 연락을 주고받았던 남윤이 놀랍게도 이곳에 있는 것이었다.

배신자처럼 천운백과 천무진에 대한 정보를 십천야에게 넘기던 그다.

그렇지만 사실 그는 배신자가 아니었다.

오히려 남윤은 자신의 목숨을 걸고 그들 사이에서 가짜 첩자 흉내를 내며 천운백을 돕는 조력자였다.

남윤이 조심스레 물었다.

"그녀를 그냥 두실 생각이십니까?"

"……그럴 리가 없지 않은가."

사랑했던 여인 조수아.

그녀를 오랜 시간 혼자 두었다.

그러니 이제…… 그녀를 만나러 가야겠다.

*   *   *

스스로 자신의 몸에 실험을 하면서 큰 고통을 경험한 천무진은 빠르게 몸을 치료하고 있었다.

하루라도 빨리 몸 상태를 원래대로 돌리지 않으면, 십천야가 자신의 행동거지를 의심할지도 모른다는 생각 때문이었다.

다행히도 최근 천룡성의 절초를 익히며 매일 기진맥진한 상태가 되어 왔던 덕분에 지금 당장은 상태를 어느 정도 속일 수 있겠지만 그 또한 시간이 지난다면 점점 상황이 복잡해질 수 있었다.

그나마 다행이라면 천무진 자체가 워낙 뛰어난 무인이라 회복력이 좋았고, 옆에는 중원 최고의 의원으로 손꼽히는 의선이 있었다는 점이다.

그의 노고 덕분에 천무진은 당시 입었던 타격에 비해 빠른 속도로 회복해 나갔다.

덕분에 이제는 걷는 것이나 일상생활을 보내는 것 정도는 충분히 가능할 정도로 회복된 상태였다. 그래서 그는 수상해 보이지 않도록 이미 며칠 전에 원래 지내던 귀림원으로 돌아왔다.

하지만 겉보기에만 멀쩡했을 뿐, 아직 천무진의 내상은 완전히 회복된 상태가 아니었다.

그랬기에 한동안 열중하던 천룡비공의 절초인 천추나락을 익히는 것 또한 잠시 멈춰야만 했다.

가뜩이나 심한 내상을 입은 상태에서, 계속해서 혈도를

넓혀 가며 내부에 충격을 주는 훈련을 진행할 순 없었기 때문이다.

그럼에도 불구하고 천무진은 언제나처럼 무공을 익히는 흉내를 내기 위해 천운백과 만나던 연무장으로 향했다.

연무장에 도착한 천무진은 평소와는 다른 모습에 이상하다는 듯 주변을 살폈다.

언제나 천무진보다 먼저 이곳에 와 있던 천운백.

그가 모습을 보이지 않던 것이었다.

'이상한 일이 다 있군.'

갑자기 사라진 것이 다소 의아하긴 했지만 원래 말도 없이 여러 곳에 개입되어 있던 천운백이다. 말하지 않은 사정이 있을 거라 생각하며 천무진은 가부좌를 틀었다.

천추나락을 위한 심법이 아닌 내상을 회복하기 위한 운기조식으로 천무진은 한 시진 가까이 자신의 몸을 치료했다.

덕분에 눈을 뜬 천무진의 몸은 운기조식을 하기 직전보다 한결 가벼워진 느낌이었다.

눈을 뜬 천무진은 언제나와 똑같은 장소에 앉은 채로 자신을 바라보는 천운백의 시선을 느꼈다.

이미 운기조식을 하던 도중 그가 왔음을 눈치챘었기에 천무진은 대수롭지 않게 입을 열었다.

"늦잠이라도 주무신 겁니까? 평소보다 많이 늦으셨군요."

"늦잠은 무슨. 나이를 먹으니 오히려 새벽잠이 줄더구나."

말과 함께 자리에서 일어난 천운백이 천천히 천무진을 향해 다가왔다. 그러고는 이내 그의 몸을 위아래로 살피며 물었다.

"몸은 좀 괜찮아졌느냐?"

"뭐 매일 눈에 띄게 좋아지고 있습니다. 이제 거의 완치되었으니 너무 걱정 않으셔도 됩니다."

천무진이 큰 고통에 직면한 걸 안 천운백은 그의 건강에 대해 많은 걱정을 했었다. 그랬기에 천무진은 자신의 나아진 몸 상태에 대해 더욱 강하게 말하고 있었다.

나아졌다고 목소리에 힘주어 말하는 천무진을 물끄러미 바라보던 천운백이 이내 고개를 끄덕였다.

"그럼 다행이고."

자리를 비워야 하는 마당이니 천무진의 몸 상태가 걱정될 수밖에 없었다.

하지만 천운백은 애써 걱정을 지웠다.

천무진의 옆에는 의선이 있으니 큰 문제는 없을 거라는 믿음이 있어서였다.

곧 천운백이 말을 이었다.

"오늘 이곳에 늦게 온 건 정리를 할 것이 있어서였다. 한동안 자리를 비우게 돼서 말이다. 이미 무공도 다 전수해 주었으니 천추나락을 익히는 데 있어 큰 문제는 없을 게다. 뭐, 어차피 네게 보여 준 걸 마지막으로 초식을 사용하기도 어려울 테니 남아 있는다 한들 큰 도움도 안 되겠지만 말이다."

한동안 자리를 비우게 됐다는 천운백의 발언에 천무진이 의아한 듯 물었다.

"지금 같은 때에 어딜 가시겠다는 겁니까?"

말대로 초식을 직접 보여 줄 순 없었지만 천운백은 천무진이 보지 못한 길을 나아갔던 무인이다.

그런 그가 옆에서 조언을 해 주는 것만으로도 천무진에게는 큰 도움이 될 수밖에 없었다. 거기다가 이제는 해야 할 모든 일을 다 하고 천무진에게 천룡성까지 맡긴 천운백이다.

마치 이제부터는 옆에 남아 천무진을 도울 것처럼 말해 왔던 천운백이 갑자기 자리를 비우겠다고 하니 의문이 든 것이다.

천무진의 물음에 천운백이 답했다.

"……지켜야 할 사람이 있어서."

명확하게는 알 수 없는 한마디.

그런데 그 말을 듣는 순간 천무진의 눈동자가 흔들렸다.

뭔가 걸리는 것이 있어서였다.

천무진은 마른침을 꿀꺽 삼켰다.

아니길 바랐다.

자신이 생각하는 그 일만은 아니기를……

"설마 화산옥녀 조수아라는 분을 만나러 가시려는 건 아니겠지요."

툭 내뱉은 천무진의 한마디.

그 말에 천운백이 놀란 듯 물었다.

"허허, 네가 그걸 어찌 알았느냐."

그저 지켜야 할 사람이 있다는 말을 했을 뿐인데 천무진이 너무도 정확하게 그 상대를 지목하자 천운백은 적잖이 놀란 모양이었다.

천운백이 말을 이었다.

"몰랐는데 네 녀석 생각보다 눈치가……"

"가지 마십시오."

순간 천운백의 말을 자르며 내뱉은 천무진의 한마디.

전혀 예상치 못한 말이 튀어나온 탓에 천운백은 잠시 움찔하고는 그를 바라봤다.

이내 천운백이 물었다.

"그게 무슨 소리냐? 가지 말라니?"

물어 오는 천운백을 바라보는 천무진의 표정이 흔들렸다.

과거와 똑같았다.

조수아를 이용해 불러내는 방식도, 그리고 일을 진행하는 방법까지도.

그랬기에 알았다.

이번 사부의 여정의 끝이 어떠한지를.

과거의 삶에서 사부는 이렇게 조수아를 지키기 위해 스스로 십천야가 파 놓은 함정으로 걸어 들어갔다.

그리고 사부는…… 그곳에서 죽었다.

쉽사리 말을 꺼내지 못하는 천무진의 모습을 마주한 천운백은 금방 상황을 알아차렸다.

천무진은 미래를 살아 본 자다.

그런 그가 이렇게 머뭇거릴 정도라면 너무도 뻔하지 않은가.

천운백이 말했다.

"아무래도…… 내가 그곳에서 죽는 모양이로구나."

"……."

천무진은 대답 대신 힘겹게 고개를 끄덕였다.

자신이 죽는다는 말을 들었거늘 천운백은 오히려 웃음을

흘리며 중얼거렸다.

"허허, 그렇구나. 내가 이렇게 죽게 되는군. 거참, 아무나 할 수 있는 경험은 아니군그래. 자기가 어떻게 죽을지를 안다니…… 재미있네."

"농담이 아닙니다, 사부님. 사부님만이 아닙니다. 사부님이 구하고자 했던 그분도 어차피 죽었습니다. 그러니 가지 마십시오."

천무진은 재차 천운백에게 가지 말라고 말했다.

그곳에서 천운백과 조수아 둘 모두가 죽는다. 죽을 거라는 사실을 알고 있는 자리, 그러니 지금으로써는 힘들더라도 피하는 게 맞다고 생각했다.

그런데…….

"난 갈 생각이다."

"사부! 말하지 않았습니까, 그곳에 가면 사부는……."

"그러니 가야지. 내가 가지 않으면 이번에도 그녀는 혼자일 테니까."

천무진의 말에 천운백이 흔들림 없는 목소리로 답했다. 입을 닫은 채로 이어질 말을 기다리는 천무진을 향해 천운백이 말했다.

"그녀는 오랜 시간 나만 기다렸단다. 그녀에게 내가 필요한 그 모든 순간을 알면서도 모르는 척 외면해 왔다. 평

생을 옆에 있어 주지 못했어. 그렇다면 죽는 그 순간이라
도…… 내가 옆에 있어 줘야 하지 않겠느냐."

아무리 천운백이 천하를 호령하던 무인이라 한들 죽음이
두렵지 않겠는가.

사람인 이상 죽음이 두려운 건 매한가지다.

그랬기에 죽을 걸 안다면 누구라도 피하려고 들 것이다.

하지만 천운백의 선택은 달랐다.

평생 자신만을 기다려 온 여인이다.

육십이 훨씬 넘는 나이가 될 때까지 오로지 자신만을 보
아 온 그런 사람.

옆에 있어 주지 못했다.

그랬기에 가야만 했다.

설령 그 끝이 죽음이라 한들…… 그리고 그것이 정해진
미래라고 해도 천운백의 선택은 변하지 않을 것이다.

천운백의 말에 천무진은 아무런 대답도 하지 못했다. 그
의 생각을 알았고, 어떠한 결정을 내렸는지도 들었다.

천운백의 생각은 확고했고, 그의 뜻은 진정한 무인의 모
습을 보는 듯했다. 이런 상황에서 자신이 어떠한 말로 천운
백의 뜻을 바꿀 수 있으랴.

천무진은 아무런 말도 하지 못한 채 슬픈 눈으로 천운백
을 바라봤다.

그의 선택이 틀렸다고 말할 순 없었다.

오히려 천운백답다는 생각이 들 정도로 멋진 모습이었다.

하지만 그렇다고 해도 죽음이 정해진 길로 나아가려는 사부의 모습에 마음이 아파 올 수밖에 없었다.

어린 자신을 거두어 키워 준 유일한 가족이었으니까.

게다가 자신이 십천야라는 걸 알면서도 이토록 믿고, 모든 걸 맡겨 준 사람이다.

이런 훌륭하고 멋진 사람을 사부로 모실 수 있었다는 것.

그건 천무진에게 평생의 행운이었다.

그 순간 그저 묵묵히 슬픈 눈빛만 보내고 있는 천무진을 향해 천운백이 손을 내밀었다. 천무진의 어깨 위에 손을 얹은 그가 언제나처럼 인자한 미소를 지으며 말했다.

"그리고 이 녀석아, 누가 그리 쉽게 죽어 준다고 하더냐. 나 또한 십천야에게 죽어 줄 생각은 눈곱만큼도 없다. 그러니 돌아오마. 어떻게든 돌아올 테니 그 울상은 그만 좀 푸는 게 어떻겠느냐?"

이런 와중에서까지 장난스럽게 말을 내뱉는 천운백의 모습에 천무진은 더욱 감정이 복받쳤다.

저번 생에서도 사부를 잃었다.

그런 일이…… 이번에는 반복되지 않기를 원했다.

입술을 꽉 깨물고 있던 천무진이 진심을 담아 말했다.

"반드시…… 살아 돌아오셔야 합니다."

자신을 바라보며 내뱉는 천무진의 간절한 목소리.

천운백이 고개를 끄덕이며 입을 열었다.

"약속하마."

*　　*　　*

천무진의 눈동자에서 불똥이 튀었다.

'내게 사부를 건드리지 않겠다고 약조를 한 것이 얼마나 지났다고…….'

물론 처음부터 천지광이 약속을 지킬 거라고는 생각하지 않았다.

결국 그는 움직일 것이고, 자신에게 방해가 되는 천운백이나 천무진의 다른 동료들에게 마수를 뻗칠 거라는 건 알고 있었다.

알면서도 자신의 주변인들을 건드리지 말아 달라고 부탁한 건 시간을 벌기 위해서였다.

최소한 자신이 이런 부탁을 한다면…… 그를 어르기 위해서라도 잠시나마 움직이지 않을 거라 생각했으니까.

그런데 그런 천무진의 생각을 비웃기라도 하듯 천지광은

벌써 움직이고 있었다.

물론 그는 모를 것이다.

천무진이 천운백을 유인하는 이번 일이 십천야의 계획으로 벌어지고 있다는 사실을 안다는 걸.

그와 만났던 당시 과거의 일을 캐묻던 천지광은 천운백의 죽음과 관해서는 질문을 하지 않았고, 그랬기에 천무진은 그 부분에 있어서는 말하지 않았다.

그러던 차에 벌어진 이번 사건.

일들이 벌어지는 시기는 십 년 가까이 빨랐거늘, 놀랍게도 흘러가는 양상은 그때와 똑같았다.

천운백을 함정에 빠트릴 이 작전을 준비하는 데에 걸린 시간도 있을 테니, 아마 자신과 약조를 한 지 얼마 되지 않아 곧바로 이런 일을 준비했을 공산이 컸다.

처음부터 자신의 부탁 따위는 아예 안중에도 없었다는 의미였다.

그 사실이 자신을 지키고자 하는 다른 이들과 너무도 비교되어 천무진은 더욱 화가 치솟았다.

거기다 그런 자에게 휘둘려야만 하는 상황에 처한 자신이라는 존재가 너무도 싫었다.

빠른 걸음으로 거처에 도착한 천무진은 곧장 자신의 방으로 향했다. 그리고 그곳에는 천무진이 돌아오기를 기다리고 있던 백아린이 자리하고 있었다.

그녀가 천무진을 반겼다.

"왔어요? 몸은 좀⋯⋯."

말을 내뱉던 백아린의 목소리가 천천히 줄어들었다. 별다른 이야기를 하지 않았음에도 불구하고 심상치 않은 천무진의 표정에서 뭔가 일이 벌어졌음을 눈치챈 것이다.

그녀가 말을 이었다.

"무슨 안 좋은 일이라도 있어요?"

"⋯⋯사부가 죽으러 갔어."

"네?"

생각지도 못한 말에 백아린이 그게 무슨 소리냐는 듯 되물었다.

그러자 천무진이 답했다.

"십천야가 파 놓은 함정인 걸 알면서도 사부가 소중한 사람을 지키겠다며 그곳으로 가겠다더군."

"⋯⋯대단한 분이시네요."

그 같은 결정이 결코 쉽지 않다는 걸 알기에 백아린은 진심으로 감탄했다.

그런 그녀에게 천무진이 자신의 생각을 밝혔다.

"그래서 나도 사부와 똑같은 선택을 한번 해 볼 생각이야."

"무슨 뜻이에요?"

"나도…… 한번 죽으러 가 보려고. 이대로는 한심해서 더는 안 되겠거든."

위험한 선택이 될 수도 있다.

그렇지만 지금으로선 이것이 최선의 선택이라는 확신이 있었다.

최악의 경우 자신이 죽는다 해도…… 다른 이들은 지켜 낼 수 있을 테니까.

지금의 사부처럼 말이다.

놀란 듯 자신을 바라보는 백아린을 향해 천무진이 말했다.

"십천야들이 있는 그곳으로 들어갈 생각이야."

직접 천지광이 있는 십천야의 본거지로 갈 것이다.

그리고 그 안에서 어떻게든…… 십천야를 무너트리고야 만다.

9장. 주제
— 넌 말이 너무 많아

　천운백은 예전부터 알고 지내던 인물의 연락을 받고는 곧장 그곳으로 떠났다. 그것이 십천야 쪽에서 흘린 가짜 정보라는 걸 알면서도 말이다.

　과거의 삶에서도 같은 방식으로 죽었다는 사실을 알게되었음에도 불구하고 그는 똑같은 길을 선택했고, 망설임 없이 나아갔다.

　천운백 그가 평생을 홀로 두었던 조수아를 지키기 위해서였다.

　천무진은 떠나는 천운백의 뒷모습이 시야에서 사라질 때까지 그저 말없이 바라보기만 할 수밖에 없었다. 그것이 그

의 선택이었고, 마음은 아팠지만 천무진으로서는 천운백의
무사 귀환을 비는 것 외에는 할 수 있는 게 없었다.

그렇게 천운백을 떠나보낸 직후.

천무진은 며칠간 준비해 온 모든 일들을 마무리했다.

십천야의 본거지로 직접 들어가기로 결정을 내렸고, 그
에 따라 미리 준비해야 할 것들이 있었다.

천무진은 천지광의 명령대로 주기적으로 상황을 보고해
왔다.

원래였다면 그 보고를 하는 날은 며칠 전이어야 했지만,
이번엔 천무진 쪽에서 따로 연락을 넣어 중요한 이야기가
있으니 다른 날짜를 정해 급히 만나고자 청했다.

천무진의 갑작스러운 요청.

이미 마교를 떠났던 천지광이었지만 천무진의 연락에 기
다렸다는 듯 그렇게 하자는 답변을 보내왔다.

그렇게 잠시의 시간이 흘러 약속된 날이 다가왔다.

일전에 둘의 만남은 마교 내부에서 이루어졌었다. 하지
만 이번에는 달랐다.

천무진이 급히 만나기를 청했고, 천지광 또한 마교 외부
의 다른 쪽으로 움직인 상황이었기에 마교 바깥에 위치한
중간 장소에서 만나기로 정해졌다.

최대한 천무진이 무공을 익히는 데 열중할 수 있도록 마

교에서 이틀 정도 떨어진 곳에 위치한 용주(龍珠)라는 마을 인근에 있는 비밀 장소로 약속이 잡혔고, 오늘은 천무진을 그곳으로 안내할 누군가가 찾아오기로 되어 있었다.

약속된 정오가 되자 천무진은 자리에서 일어났다.

그의 옆에서 시간을 보내고 있던 백아린이 짐을 챙기는 천무진의 모습에 슬그머니 입을 열었다.

"가려고요?"

"응, 슬슬 나가 봐야 할 것 같아."

이미 그의 결정에 대해서는 전해 들은 터다. 걱정이 되지 않는 건 아니지만……

백아린이 일부러 아무렇지 않은 표정으로 천무진의 손을 잡았다. 그녀가 웃는 얼굴로 말했다.

"잘 다녀와요."

"……기다려. 금방 돌아올 테니까."

계획대로라면 십천야의 본거지로 합류하겠다는 의사를 전하고, 곧바로 마교로 돌아올 생각이다. 그래서 백아린과 함께 십천야로 움직일 생각이긴 했지만 그건 어디까지나 천무진의 의사였다.

십천야의 수장인 천지광이 과연 백아린과 적화신루의 손을 잡을지는 장담할 수 없었다.

최악의 경우 천무진은 이곳으로 돌아올 수 없을지도 모

른다. 물론 어떻게든 계속 연락을 취할 생각이긴 했지만, 잘못하면 꽤 긴 시간 동안 보지 못하게 될 수도 있는 상황이었다.

천무진이나 백아린 모두 이 같은 사실을 알고 있었지만, 둘 중 누구도 이런 이야기를 입에 담지 않았다.

마치 평소와 마찬가지로 내일이면 다시 볼 사람처럼.

꼭 쥐고 있던 손을 풀며 천무진이 인사를 건넸다.

"다녀올게."

그 말을 끝으로 천무진은 간단한 옷가지들을 챙긴 짐 하나만을 든 채로 방을 빠져나왔다. 그리고 백아린은 일부러 떠나가는 그를 그곳에 서서 배웅했다.

자신을 향한 백아린의 시선을 느끼며 천무진은 그렇게 거처를 벗어났다.

"후우."

입구에 선 천무진이 작게 한숨을 내쉬었다.

쉬운 결정이 아니었고, 앞으로의 인생이 어떻게 흘러갈지 전혀 가늠하기 어려웠다. 이제부터는 계획보다는 흘러가는 상황에 맞춰 최대한 임기응변으로 헤쳐 나가야 할 경우가 훨씬 더 많을 터.

그만큼 힘들어지겠지만…… 지금으로선 이것이 최선이자 유일한 방법이라는 생각이 들었다.

다시금 마음을 다잡은 천무진은 곧장 마교 바깥으로 가기 위해 움직였다. 일차적으로 접선을 하기로 약속된 장소는 마교 외성의 바깥이었다.

천무진의 몸이 빠르게 약속된 장소를 향해 움직였다.

사람이 많은 외성을 지나 바깥으로 나선 그가 얼마 지나지 않아 목적지에 도착했다. 그리고 그곳에는 한 대의 마차가 먼저 와서 기다리고 있었다.

천무진이 모습을 드러내자 마부 옆에 앉아 있던 이가 훌쩍 뛰어내렸다. 죽립으로 얼굴을 가리고 있던 상대가 천무진을 향해 인사를 건넸다.

"모시러 왔습니다."

"……."

목소리를 듣는 순간 천무진의 표정이 굳어졌다.

이 목소리, 들어 본 적이 있었다.

천무진이 입을 열었다.

"왜 네가 여기에 있지?"

"역시 알아보셨습니까?"

대답과 함께 상대가 죽립을 벗었고, 그곳에는 사천당문의 당자윤이 자리하고 있었다.

생각지도 못한 당자윤의 등장이었지만 천무진은 놀라지 않았다. 그가 십천야와 관련이 되었을 거라는 건 이미 알고 있었으니까.

다만 별로 유쾌하지 않은 상대이기에 그를 마주하는 것
이 싫을 뿐이었다.

천무진이 퉁명스레 중얼거렸다.

"역시 너였군."

전혀 대수롭지 않은 듯한 천무진의 반응에 오히려 놀란
건 당자윤 쪽이었다. 자신이 십천야의 인물로 나타난다면
상대인 천무진이 어느 정도 반응을 보일 거라 여겼거늘 그
런 예상이 여지없이 빗나가 버린 것이다.

당자윤이 말했다.

"전혀 안 놀라시는군요."

"놀랄 리가 없지. 네가 십천야에게 붙은 사실은 예전부
터 알고 있었으니까."

자신의 정체를 알고 있었다는 천무진의 말에 잠시 놀랐
던 당자윤이 이내 이해가 안 간다는 듯 물었다.

"아셨다고요? 그런데 왜 저를 그냥……."

"왜긴. 이용해 먹으려고 놔뒀던 거지. 그리고 네 움직임
을 예의 주시한 덕분에 마교 소교주를 노렸던 십천야 중 하
나를 막아 내기까지 했으니 이용해 먹으려던 당시 계획은
완벽하게 성공한 셈이고."

이어지는 천무진의 말에 당자윤의 얼굴이 붉게 달아올랐

다. 자신이 아무런 것도 모르고 이용만 당했다는 걸 알게 된 상황에 기분이 유쾌할 리가 없었다.

허나 천무진의 말은 거기서 끝이 아니었다.

당자윤에게 다가온 그가 옆에 멈추어 선 채로 말을 이어 갔다.

"운이 좋네. 만약 상황이 이렇게 되지 않았다면…… 넌 지금쯤 죽었을지도 모르거든."

"……."

순간 화가 확 하고 치밀어 올랐지만 당자윤은 꾹 참았다.

십천야라를 존재를 알고 지금까지 꽤 많은 시간이 흘렀다. 처음에도 범상치 않은 이들이라는 건 알았지만, 그들과 관계가 점점 깊어지면서 알게 된 사실이 있다.

십천야란 자들은 무림의 주인이 될 이들이다.

그들은 표면적으로 드러나 있지 않을 뿐이지, 무림 곳곳에는 이들이 있었고 원하는 건 뭐든 해낼 만한 힘을 지니고 있었다.

하지만 더욱 놀라운 건 그토록 큰 힘을 지녔음에도 불구하고 무림에 전혀 알려지지 않았다는 거다.

그 말은 곧 자신이 보아 온 것과 비교도 안 될 정도의 능력을 지녔다는 걸 의미했다.

그렇지 않고서야 이토록 꽁꽁 모습을 감춘다는 건 불가 능했으니까.

그런 그들을 대표하는 자들이 바로 십천야다.

그리고 그중에서도 천무진은 더욱 특별했다.

십천야이기도 하지만 천룡성의 인물이라는 배경까지 지 녔으니, 절대 눈 밖에 나서는 안 되는 상대였다.

당자윤이 억지로 웃으며 입을 열었다.

"마차에 오르시죠. 천 공자를 안전하게 목적지까지 모시 라는 명을 받고 온 거라서요."

말을 끝낸 그가 서둘러 마차의 문을 열어 주었다.

열어 준 문을 통해 성큼 마차에 올라탄 천무진이 막 자리 에 앉았을 때다.

뒤이어 당자윤이 마차에 오르려는 찰나 천무진이 손을 들어 올렸다.

반쯤 몸만 걸친 당자윤이 어정쩡한 자세를 취해 보일 때 였다.

천무진이 눈살을 찌푸리며 말했다.

"뭐 하는 거지?"

"예? 뭘 말씀하시는 겁니까?"

"뭐긴. 지금 여기에 같이 타려는 거냐고 묻는 거잖아."

당자윤은 그제야 그가 하고자 하는 말이 무엇인지 알 수 있었다. 당자윤이 머뭇거리는 사이 천무진이 내리라는 듯 손을 휘휘 저었다.

결국 당자윤은 반쯤 걸쳤던 다리를 내린 채로 마차의 문을 닫았다.

굴욕적이었다.

하지만 상대는 그런 감정을 내비쳐서는 안 되는 존재였고, 그랬기에 화를 숨긴 채로 당자윤이 말했다.

"전 마부석에 앉아서 이동할 테니, 혹여 필요하신 것이 있다면 언제든 말씀 주시면 됩니다."

"그러지."

문밖에 있는 당자윤을 바라보지도 않은 채로 천무진이 짧게 답했다.

마부석으로 가려던 그가 잠시 멈칫하더니 이내 천무진의 환심을 사기 위한 말을 내뱉었다.

"그나저나 정말 놀랐습니다. 설마 천룡성의 후계자께서 십천야의 일원이실 줄이야. 정말 이 단체에 몸담을 수 있어 크나큰 영광입니다."

아첨에 가까운 발언.

하지만 그 아첨보다 더 불쾌한 건 저런 한심한 자에게 이런 말을 듣고도 아무런 반박조차 할 수 없는 지금 자신의 모습이었다.

분하지만 당자윤의 말대로 자신은 십천야의 일원이고, 지금으로선 그곳의 수장인 천지광의 명령대로 움직일 수밖에 없는 꼭두각시였으니까.

천무진의 표정이 묘하게 꿈틀거리는 모습을 보며 그가 자신의 말에 기분이 좋아졌다 착각한 당자윤이 말을 이었다.

"아, 물론 천 공자님과 함께하게 된 것도……."

이어지는 아첨에 천무진이 짜증스러운 목소리로 말했다.

"시끄러우니까 이제 그만 좀 가지."

불편한 듯한 천무진의 말투에 당자윤이 움찔하더니 이내 고개를 끄덕였다.

"옙, 그럼 곧바로 모시겠습니다."

말과 함께 당자윤은 잠시 벗었던 죽립을 얼굴에 썼다. 마부석을 향해 몸을 돌린 그의 표정이 순식간에 돌변했다.

'망할, 답답해 죽겠는데.'

마차 내부에 있었다면 죽립을 쓰고 있을 필요가 없었지만, 마부석에 앉아서 가게 된 이상 얼굴을 가려야만 했다.

당자윤은 정파의 후기지수 중 하나다.

그런 그가 이곳에 자신이 나타난 사실을 이곳저곳에 소문내고 다닐 필요는 없었으니까.

마부석에 앉은 당자윤이 옆에 있는 마부를 향해 퉁명스레 말했다.

"출발해."

당자윤의 명과 함께 멈추어 있던 마차가 북쪽을 향해 달리기 시작했다.

*　　　*　　　*

한나절을 달리던 마차가 멈추어 선 건 해가 지고도 꽤나 긴 시간이 흐른 후였다. 그 전까지는 조금의 휴식도 없이 움직였지만, 늦은 저녁 식사를 하기 위해서라도 잠시지만 마차를 세워야 했다.

식사와 휴식을 위해 멈추어 섰다고 알렸지만 천무진은 마차에서 내리지 않았다.

그사이 식사 준비를 모두 끝낸 당자윤이 마차로 가서 천무진을 불렀다.

"천 공자님, 식사하시지요."

그의 부름에 천무진이 마지못해 마차에서 내렸다.

사실 당자윤과는 얼굴을 마주하고 싶지 않았지만, 목적지까지 안내를 받는 이틀간의 시간 동안은 참아야만 하는 일이었다.

마차에서 그리 멀지 않은 곳에 준비된 자리로 간 천무진이 자리에 앉았다.

식사 준비를 위해 피웠을 모닥불이 여전히 타오르고 있었고, 그곳에는 몇 가지 음식 또한 준비되어 있었다.

야외에서 만든 식사이다 보니 어느 정도 한정적일 수밖에 없었지만, 그 와중에 차린 것치고는 제법 구색이 갖춰진 식사였다.

따끈한 국물이 담긴 그릇을 건네며 당자윤이 말했다.

"식기 전에 드시죠."

그의 배려심 있는 말투에 천무진은 절로 비웃음이 터져 나올 뻔했다.

그의 성격을 모르지 않아서다.

약자를 무시하고, 언제나 자신이 최고인 줄 아는 자만심으로 똘똘 뭉친 사내가 바로 당자윤이다. 그런 그가 지금 자신에게 이같이 행동하는 이유가 무엇인지 천무진은 너무도 잘 알고 있었다.

그렇기에 이런 배려가 고맙기보다는 오히려 불쾌했다.

자신에게 이토록 살갑게 대하는 것과는 대조적으로 약자에게는 함부로 굴고 무시하며 행동할 것이 눈에 보일 듯이 그려졌기 때문이다.

불쾌감을 억지로 지운 채 천무진은 식사를 시작했다.

천무진의 몸은 아직 좋지 않았다.

자모충에 대한 실험을 직접 몸으로 한 이후 입었던 내상은 어느 정도 회복된 상태였다. 그렇지만 그 후에 천무진은 다시 한번 내상을 입게 되었다.

허나 이건 스스로 원해서 입은 내상이었다.

그 같은 말도 안 되는 짓을 벌인 이유는 바로 이번 만남을 위해서였다.

잠시 생각에 잠긴 채로 젓가락을 움직이던 천무진을 향해 당자운이 눈치를 살피다 말을 걸어왔다.

"음식은 어떠십니까?"

"그럭저럭."

구색이 갖춰진 음식들은 꽤나 먹음직스럽게 보였다. 그렇지만 천무진은 정말로 이 음식들이 그리 맛있게 느껴지지 않았다.

음식의 종류나 맛보다는 누구와 함께하느냐가 중요했으니까.

실제로 지금 먹는 이 음식들보다 백아린과 한천, 그리고 단엽 이렇게 세 사람과 함께 음식을 구하지 못해 며칠 동안 씹어 대던 육포가 더욱 맛있었다.

당시엔 알지 못했다.

그 순간순간들이 얼마나 즐거웠는지를.

하지만 이제는 알겠다.

상황이 변하고, 모든 걸 잃게 될지도 모르는 지금에 와서야 그때 그 자그마한 모든 것들이 행복이었다는 걸 알았다.

그리고 그 행복을 지키기 위해.

그 행복을 함께했던 이들을 위해 지금 천무진은 움직이고 있었다.

동료들을 생각하는 사이 옆에서 귀찮을 정도로 당자윤이 말을 걸어왔다.

"그나저나 천 공자께서 십천야라는 사실에 깜짝 놀랐습니다. 그간 십천야와 계속 싸워 오신 건 줄 알았으니 말입니다."

"……."

천무진은 별다른 대꾸 없이 계속 식사에만 열중했다.

자세한 상황을 모르는 당자윤으로서는 십천야의 가장 큰 적이라 생각했던 천무진이 그 일원 중 하나라는 사실에 혼란스러울 수밖에 없었다.

짧은 대답도 하지 않는 천무진을 향해 당자윤이 말을 이어 나갔다.

"처음엔 이해가 안 갔는데 생각해 보니 얼추 알겠더군요. 그런 식으로 다른 쪽 세력들을 모아서 그들을 집어삼키시려는 게 아닌가 하는 생각이 들었거든요. 그제야 그 모든 게 눈속임이었다는 걸 눈치챌 수 있었습니다."

마치 자신의 말이 맞지 않냐는 듯 확신 어린 말투로 헛소리를 내뱉는 그의 모습에 천무진은 여전히 아무런 대답조차 하지 않았다.

당자윤이 어떻게 생각하든 전혀 신경 쓸 필요도 없었고, 모든 일들을 확실하게 설명해 줄 생각도 없었으니까.

하고 싶은 대로 떠들라는 듯 관심조차 주지 않으며 식사를 이어 나가던 그때였다.

당자윤이 입가에 미소를 머금은 채로 말했다.

"적화신루도 마찬가지셨군요. 어쩐지 그런 별 영양가도 없는 인물과 함께 다니시는 것이 이해가 안 갔습니다. 얼굴은 반반하지만 그것 말고 뭐 있습니까. 고작 총관 따위, 천룡성의 인물인 천 공자님에 비해서는 한참 모자라지요."

백아린에 대한 말에 여태까지 당자윤의 이야기를 모두 귓가로 흘리던 천무진이 처음으로 꿈틀했다.

놀라울 정도로 빠르게 천무진의 표정이 싸늘하게 변했다.

당자윤은 거기서 멈췄어야만 했다.

하지만 식사를 하기 위해 반쯤 고개를 숙이고 있던 탓에 천무진의 표정 변화를 알아차리지 못했고, 이번 기회에 조금이라도 더 점수를 따기 위한 그의 발언이 이어졌다.

"어떤 독이든 필요하시면 말씀만 주시지요. 제가 적화신루를 집어삼킬 때 도움이 될 수 있도록 적화신루의 루주든 그 백아린이라는 계집이든 누구도 알아차리지 못하고 죽일 수 있는 독을 구해다 드리겠습니다. 원하시면 제가 백아린을 직접 죽여……."

순간.

퍼억!

자리에서 벌떡 일어난 천무진이 일말의 망설임도 없이 발로 당자윤의 배를 걷어찼다.

그것도 그냥 단순한 발길질이 아니었다.

내공이 실린 발길질.

그가 손에 들고 있던 뜨거운 국물을 무릎에 쏟음과 동시에 뒤편으로 나동그라졌다.

하지만 지금 바닥에 쓰러진 당자윤은 무릎에 쏟아진 국물의 뜨거움을 전혀 느끼지 못했다. 배에 틀어박힌 일격이 너무도 강렬했던 탓이다.

머리는 새하얗게 변했고, 입가에선 피가 뿜어져 나왔다. 창자가 끊어진 것만 같은 고통에 그는 배를 움켜쥔 채로 바닥에서 꿈틀거렸다.

"커, 커커컥."

숨을 쉬기 힘든지 연달아 힘겨운 소리를 토해 내는 그때였다.

당자윤을 내려다보며 천무진이 싸늘한 목소리로 말했다.

"죽여? 누가 누굴 죽여? 네가 백아린을?"

화가 치밀어 올랐다.

마음 같아서는 당장이라도 당자윤의 숨통을 끊어 버리고 싶었지만 천무진은 최대한의 인내심으로 분노를 내리눌렀다.

아직은 참아야만 할 때였다.

바닥에 쓰러져 있는 당자윤을 향해 몸을 굽힌 천무진이 손으로 그의 얼굴을 움켜잡았다.

고통으로 몸부림치는 와중에도 당자윤의 얼굴에 짙은 두려움이 묻어 나왔다.

그런 그를 향해 천무진이 말했다.

"넌 말이야, 예전부터 말이 너무 많아."

퍽!

말과 함께 천무진이 당자윤의 머리를 바닥에 내려쳤다.

당자윤은 그 자리에서 곧바로 혼절했고, 천무진은 손을 뗀 채로 몸을 일으켜 세웠다. 그러고는 아무렇지 않게 자신의 자리로 돌아와 앉은 뒤 국물이 담긴 그릇을 입가에 가져다 댔다.

천무진이 탄 마차는 어느덧 목적지인 용주 인근에 들어서고 있었다. 원래라면 지금보다 더욱 일찍 도착했어야 하지만, 중간에 당자윤이 천무진에게 맞고 혼절을 하는 일이 생기며 다소 시간이 지체된 상황이었다.

물론 그렇다고 해도 한나절 정도 더 걸린 것뿐이었지만.

천무진은 다친 당자윤에게 딱히 치료할 시간 따위는 주지 않았다. 그랬기에 그는 대충 붕대로 다친 머리를 둘러싼 정도로 부상을 수습해야만 했다.

그렇게 부상당한 몸으로 이곳까지 오는 동안 당자윤은 몰라볼 정도로 조용해져 있었다.

천무진에게 어떻게든 잘 보이기 위해 갖은 말들을 쏟아내던 그가 혼절할 정도로 맞은 직후부터는 마치 꿀 먹은 벙어리라도 된 것처럼 침묵했다.

덕분에 천무진은 그 시간 이후 꽤나 조용하게 이곳까지 올 수 있었다.

마차는 용주 인근에 위치한 한적한 산길의 초입으로 향했다.

그리고 얼마 지나지 않아 엄청난 크기의 장원이 모습을 드러내기 시작했다.

그곳이 바로 천무진의 목적지였다.

장원의 입구에 이르러 마차가 멈추어 섰고, 이내 마부석에서 빠르게 내린 당자윤이 다가와 문을 열었다.

그가 조심스레 말했다.

"도착했습니다."

천무진은 아무런 대꾸도 하지 않고 마차에서 내려섰다. 그리고는 곧장 장원의 문 앞으로 가 자신이 들어올 수 있도록 열린 공간을 통해 드러난 내부의 모습을 슬쩍 확인했다.

겉보기에서도 그 크기가 엄청나다는 걸 느꼈지만, 열린 문 너머로 보이는 내부는 생각보다 더 거대한 규모였다.

이것은 보통 장원이라고 보기엔 너무 컸다.

한 도시의 어느 정도 알아주는 문파나, 상단의 건물이라고 봐도 무방할 정도의 크기였다.

그렇게 잠시 안쪽에 시선을 주는 사이.

옆으로 다가온 당자윤이 말했다.

"모시겠습니다."

정말 할 말만 딱딱 하고 곧바로 움직이는 그의 모습에선 이틀 전 당했던 일의 두려움이 남아 있는 듯했다.

앞장서서 나아간 당자윤이 장원의 안쪽으로 향했다.

그렇게 그와 함께 간 곳은 장원 내부에 따로 마련되어져 있는 장소였다. 큰 장원을 가로지르는 사이 꽤 많은 인원들을 만났다.

그리고 그들은 하나같이 둘이 지나가든 말든 신경 쓰지 않고 각자의 일을 위해 움직이고 있었다.

그렇게 도착한 곳.

장원은 크게 두 구역으로 나뉘어 있었다.

모두가 돌아다닐 수 있는 곳과 특별한 호패가 있는 이만이 출입이 가능한 곳으로.

그리고 지금 천무진의 앞에 있는 이 문과 담장을 경계로 그 두 구역이 구분되고 있었다.

입구에 선 당자윤이 품 안에서 가져온 물건 하나를 꺼내어 내밀었다.

호패를 받아 든 천무진이 물었다.

"이건 뭐지?"

"내부에서 움직이시려면 이 호패가 필요하십니다. 만약 호패가 없는 상태로 들어가신다면 그게 누구라고 해도 공격을 받게 되어 있습니다."

"그래?"

말과 함께 천무진은 그 나무로 된 호패를 허리춤에 걸었다. 그런 그의 눈치를 살피던 당자윤이 조심스럽게 말했다.

"저도 이 안에는 들어갈 수 없습니다. 이만 물러나도 되겠습니까?"

"그렇게 해."

"예, 그럼."

짧은 인사를 끝으로 당자윤은 서둘러 자리를 떴다.

그로서는 한시라도 빨리 천무진과 헤어지기를 바라는 게 당연한 일이었다.

천무진이 사라지는 당자윤에게는 시선조차 주지 않으며 입구로 다가갔다.

그곳에 서서 여태까지 천무진과 당자윤의 대화를 듣고 있던 수문 위사였기에 그는 곧바로 문을 열어 천무진이 안으로 들어갈 수 있게끔 했다.

그렇게 들어선 장원 내부의 장소.

그곳은 바깥과 마찬가지로 무척이나 컸다. 그리고 상대적으로 바깥에 비해 훨씬 더 정성스럽게 꾸며진 느낌이 들었다. 곳곳에는 경치 좋은 장소들이 만들어져 있었고, 지나다니는 이들도 보이지 않았다.

입구에 들어선 천무진이 가볍게 주변을 스윽 훑었다.

눈에 보이는 자는 단 한 명도 없었지만…….

'서른일곱.'

무려 서른일곱에 달하는 무인들이 근방에 몸을 감춘 채로 자리하고 있었다. 그들은 침입자를 막기 위해 준비되어 있는 무인들이었다.

허나 호패를 차고 나타난 천무진이었기에 그들의 방해를 받지 않고 움직일 수 있었다.

천무진은 앞으로 걸음을 옮겼다.

이 내부의 공간 또한 무척이나 컸고, 건물만 해도 이십여 채가 훌쩍 넘어갈 정도였다.

하지만 천무진은 조금의 머뭇거림도 없이 나아갔다.

풍겨 오는 기운을 느꼈기 때문이다.

터벅터벅.

천무진의 발길이 향하는 곳에는 커다란 연못이 있었고, 그 위로는 수십여 명이 둘러앉아도 될 정도의 규모를 지닌 정자가 있었다.

그리고 그 정자의 주변으로는 두꺼운 붉은 천이 둘려 있어, 내부에 있는 이의 얼굴을 정확히 알아보기 힘들게 만들어져 있었다.

감추지 않는 누군가의 강렬한 기운이 뿜어져 나오는 곳.

그건 바로 저 정자 위였다.

그리고 기운을 느끼지 못했다고 해도 붉은 천이 둘려 있는 것만으로도 평소 얼굴을 완벽하게 숨기고 사는 천지광이 있을 거라는 건 간단히 예측할 수 있는 일이었다.

거침없이 나아가던 천무진이 정자로 향하는 다리의 앞에 자리했을 때다.

파바밧!

얼어 버린 연못 아래와 정자의 지붕 위쪽에서 동시에 다섯 명의 무인이 나타나며 길을 막아섰다.

오늘 이곳에서 약속이 있고, 그 대상이 천무진이라는 걸 알았지만 그럼에도 불구하고 그들은 우선 길을 막아선 것이다.

길을 막아선 그 다섯 명의 무인들은 기다리고 있었다. 뒤편에 있는 정자에 자리한 천지광의 명령을.

그리고 이내 붉은 천 너머에서 천지광의 목소리가 흘러나왔다.

"길을 내줘라."

명령이 떨어지자 그제야 다섯 명의 무인들이 나타났던 방향으로 다시금 몸을 감췄다.

길을 막던 무인들이 사라지고, 천무진은 정자와 이어진 길을 따라 다가갔다. 그러고는 이내 붉은 천의 벌어진 틈을 살짝 열면서 안으로 들어섰다.

그저 천 하나만 둘려 있을 뿐이거늘 내부는 바깥에 비해 훨씬 더 따뜻했다.

그리고 그 정자의 중앙에 위치한 커다란 술상을 앞에 둔 채로 한 명의 인물이 자리하고 있었다. 오늘 이곳에서 만나기를 원했던 인물, 천지광이 그곳에서 천무진을 기다리고 있었다.

예상했던 인물을 마주한 천무진이었지만, 상대방의 얼굴을 보는 순간 그는 움찔하고 말았다.

그때 천지광이 술잔을 입에 가져다 대며 말했다.

"왔느냐?"

물어 오는 질문에 천무진은 고개를 끄덕였다.

하지만 지금 그의 신경이 쏠려 있는 건 다름 아닌 천지광의 얼굴이었다.

천지광의 얼굴은 불과 얼마 전에 보았을 때와 많이 달라져 있었다.

얼굴색이 변했고, 다소 균형이 무너진 듯한 느낌이었다. 거기다가 마치 실처럼 가느다란 균열이 가 있는 피부까지.

천무진의 시선이 자신의 얼굴에 틀어박혀 있다는 걸 눈치챈 천지광이 말했다.

"얼굴이 이상해져서 놀랐느냐?"

"……조금 그렇습니다."

"별일 아니다. 언제나 이러니까."

천지광이 대수롭지 않다는 듯 말했다.

사람의 정기를 흡수하지 않으면 사 일을 가지 못하고 얼굴이 무너져 내리는 그다. 그리고 천무진은 지금의 얼굴로 놀라고 있었지만, 이 정도만 해도 아직은 양호한 상태였다.

어제 누군가의 목숨을 취했고, 겨우 하루가 지났을 뿐이니까. 시간이 조금만 더 지나면 지금과는 비교도 할 수 없을 정도로 흉측하게 변할 테니 말이다.

다가온 천무진이 맞은편에 앉자 천지광이 곧바로 말을 이었다.

"예정보다 늦었구나."

"중간에 사정이 좀 있었습니다."

사실 천지광은 저번처럼 최대한 멀쩡한 상태로 천무진을 만나려 했다. 그런데 지금처럼 다소 망가진 얼굴로 마주하게 된 건 천무진이 한나절가량 늦게 왔기 때문이었다.

해가 진 늦은 시각.

술잔을 내려놓으며 천지광이 말했다.

"사정이라…… 당자윤의 일이더냐?"

놀랍게도 천지광은 천무진과 당자윤 사이에 벌어진 일을 이미 알고 있었다. 막 도착하자마자 곧장 이곳으로 온 것인데도 불구하고 말이다.

어차피 천지광을 속일 수도 없고, 감춰야 할 일도 아니었기에 천무진은 거침없이 답했다.

"예, 주제도 모르고 건방지게 굴어서요."

"아주 얼굴이 박살이 났다던데."

"살려 준 것만 해도 어르신께 감사해야 할 겁니다. 어르

신이 보낸 사람이 아니었다면 그 정도로 끝나지 않았을 테
니까요."

천무진의 말에 천지광은 그냥 고개를 끄덕였다.

사실 천지광은 당자윤이 어찌 되든 큰 상관이 없었다. 이
용할 가치가 있으니 같은 편으로 놔두는 것뿐, 천무진이 그
를 어떻게 대하든 일말의 관심조차 없는 게 사실이었다.

그랬기에 천지광은 당자윤의 일을 넘어간 채로 질문을
던졌다.

"특별한 보고가 있다며 날 만나고 싶다 했다던데 그게
무엇이냐?"

매번 건네는 보고의 대부분은 보고 당시 무공의 성취와
관련된 것이었다.

애초에 천지광의 목적이 천룡혼을 이어받아 새로운 생명
을 얻는 것이었으니 그 외의 것에는 크게 관심을 가질 이유
가 없었다.

그랬기에 나머지는 거의 구색 맞추기에 가까웠던 보고였
지만…….

그걸 아는 천무진이 굳이 만나서 허락을 받고 싶은 일이
있다 청했다. 그랬기에 그런 부탁에 천지광이 응한 것이었고.

대체 무슨 말을 하려는 거냐 물어 오는 천지광을 향해 천
무진이 답했다.

"마교를 떠나 십천야로 돌아가고 싶습니다."

"……십천야로?"

갑작스러운 천무진의 제안에 천지광은 의아한 표정을 지어 보였다.

천무진의 부탁이 큰 문제가 되는 부분은 아니었지만, 그 모든 일에 앞서 정확한 의중을 파악하는 것은 중요한 일이었다.

천지광이 물었다.

"왜 갑자기 그런 심경의 변화가 생긴 거냐?"

천지광의 질문에 천무진은 길게 호흡을 내뱉었다.

어차피 자신에겐 그에게 거짓말을 할 능력이 없었다. 그랬기에 솔직하게 대답해야만 한다.

중요한 건 그 와중에 천지광이 의문을 품게 되어 던지는 질문들에 자신이 감춰야 할 무엇인가와 연관되지 않게 대답을 하는 것이다.

"아시지 않으십니까. 이미 필요한 건 모두 배웠고, 더는 사부님을 속이기 위해 그곳에 있을 이유도 없어졌으니까요."

천무진의 말에 천지광이 뭔가 이상한 걸 느낀 듯 물었다.

"사부를 속이기 위해 그곳에 있을 이유가 없어졌다니? 그게 무슨 말이냐?"

"감추실 필요 없습니다. 이미 알고 있으니까요. 어르신이 사부님을 죽이기 위해 손을 쓰신 것을요."

생각지도 못한 천무진의 말에 천지광이 움찔했다.

언젠가 그의 귀에 들어갈 수도 있다는 걸 염두에 두고는 있었지만…… 이렇게 일이 벌어지기도 전에 알아차리게 될 줄은 몰랐다.

'끄응, 귀찮게 됐군.'

천지광은 일부러 아무런 대답조차 하지 않고 잠시 시간을 끌었다. 가능하면 자신이 천무진에게 약속한 걸 어기는 모습을 보여 주지 않고 싶었기 때문이다.

어차피 자신에게는 거짓말을 할 수 없는 천무진이다. 그랬기에 천지광 또한 모르는 척 시치미를 떼기보다는 정확한 상대방의 속내를 알고자 했다.

지금 당장 중요한 건 천운백이었다.

천지광이 막 천운백에 대해 질문을 던지려 할 때였다. 기다리고 있던 천무진이 재빠르게 먼저 말을 뱉었다.

"걱정하실 필요는 없습니다. 사부님은 그곳으로 가셨으니까요."

"……그래?"

그 질문에 천지광은 애써 흔들리려던 표정을 다잡았다.

천무진이 선택한 방법은 이것이었다.

천지광이 할 질문을 예상해 사전에 자신의 방식으로 답한다. 어차피 그를 속일 수 없으니 있는 사실을 그대로 들려준다.

그렇지만 그 일을 어떻게 말하느냐에 따라 많은 이야기를 감출 수도, 또 다르게 느껴지게도 만들 수 있었다.

바로 지금처럼.

천운백이 스스로 간 건 사실이었다. 다만 이 같은 방식으로 말을 함으로써 그가 이번 일을 천지광이 벌였고, 위험하다는 것까지 안 채로 갔다는 사실은 감출 수 있었던 것이다.

천운백이 움직였다는 사실에 안도한 그가 이내 인자한 목소리로 말했다.

"서운하느냐?"

"예, 화가 납니다. 제게 한 약조를 지키지 않으신 어르신의 행동에 크게 실망했습니다."

천무진은 자신의 감정을 곧바로 드러냈다.

감정을 감추기보다는 오히려 터트려야 했다.

그래야 조금 더 인간적으로 느껴질 테고, 의심스러운 마음을 거둘 테니까.

그렇지만 여기서 끝이 나면 안 된다.

천무진이 곧바로 말을 이었다.

"하지만…… 어쩌겠습니까. 결국 전 어르신의 명령을 따라야 하고, 그럴 수밖에 없다는 걸 알고 있으니까요."

적당한 분노에, 적당한 수긍.

그 두 가지를 섞어야만 천지광에게서 이어질 질문들을 최소한으로 줄일 수 있었다.

그리고 그게 어느 정도 통했는지 천지광은 곧바로 미안한 표정을 지은 채로 말했다.

"네게 한 약조를 지키지 못한 것은 정말로 미안하구나. 네 사부가 너무나 걸리적거리는 존재라 어쩔 수가 없었다. 대신 다른 동료들에게 손을 대지 않겠다고 했던 약속은 어떻게든 지키도록 노력해 보마."

"그래 주시면 좋겠군요."

어차피 천지광이 자신과의 약속 따위 대수롭지 않게 여긴다는 사실을 확인했다. 믿지 않을 약속이었기에 천무진은 확실한 어투가 아닌, 살짝 말을 돌리는 걸로 대답을 대신했다.

그렇게 천운백에 대한 이야기가 끝이 나고, 십천야로 돌아오고 싶다는 제안에 대한 답변을 기다릴 때였다.

슬쩍 천무진을 곁눈질하던 천지광이 말했다.

"최근에 내상을 입었다던 것 같은데."

천무진의 별다른 보고가 없었음에도 불구하고 날아든 질

문.

그 질문은 치명적이었다.

몸 안에 있는 자모충의 존재를 확인했고, 그걸 제거하기 위한 실험을 하다가 내상을 입었으니까.

그리고 그 사실이 자모충을 심은 당사자인 천지광의 귀에 들어간다면…….

천지광의 말을 어길 수 없는 천무진이다.

당연히 이 질문에도 답을 할 수밖에 없었다.

그 치명적인 질문에 답하기 위해 천무진의 입이 천천히 열렸다.

"……천룡비공의 절초를 익히는 데 욕심을 좀 부렸습니다. 사부님도 심법 훈련에 두 시진 이상을 소모하지는 말라고 하셨는데 세 시진 가까이 열중하다가 내상을 입었습니다."

천무진이 내뱉은 말은 사실과는 달랐다.

하지만 이 또한 거짓말은 아니었다.

몸이 회복되어 갈 때쯤 일부러 절초인 천추나락을 익히기 위한 심법에 더욱 시간을 소모해 스스로 내상을 입혔기 때문이다.

이런 일을 해 뒀던 이유.

그건 바로 이 질문을 예상했었기 때문이다.

꽤나 긴 시간 동안 좋지 못한 몸 상태로 마교 내부를 다녀야 했던 천무진이다. 곳곳에 숨겨져 있는 십천야 쪽 인원들이 이 모습을 보지 못했을 리가 없다.

분명 어떻게든 그의 상태는 천지광의 귀에 들어갈 테고, 그렇게 된다면 천무진의 입장에서는 최악의 일이 벌어질 수 있었다.

그렇지만 천무진은 오히려 이걸 역이용하기로 마음을 먹었다.

감추려 하기보다는 오히려 최대한 자신의 상태가 좋지 못함을 드러냈다. 그래서 이쪽으로 이목을 집중시키고, 질문의 폭 또한 줄인 것이다.

오히려 다른 식으로 접근해 오는 것보다 내상을 입은 것에 한해 의구심을 품는 게 속이기 훨씬 좋았으니까.

말을 내뱉은 천무진은 최대한 무뚝뚝한 표정으로 천지광을 바라봤다.

과연 자신의 작전이 통했을까?

거짓을 고할 수 없는 상황에서 상대를 속인다는 건 생각보다 어려운 일이었다. 그랬기에 스스로 자신의 몸에 부상을 입히면서까지 준비한 계획이었다.

그리고…….

"이런, 몸이 많이 상했겠구나."

걱정 가득한 목소리로 말하는 천지광의 모습에 천무진은 자신의 작전이 통했다는 걸 확인했다.

자신이 거짓말을 하지 못한다는 걸 이용해 오히려 더욱 철저히 상대를 속인다. 물론 그만한 대가를 치러야 했지만, 그것으로 얻을 수 있는 것이 더 크다면 얼마든 감내할 준비가 되어 있었다.

천무진이 담담하게 답했다.

"많이 좋아졌습니다. 이제는 별문제 없을 정도로 회복된 수준입니다."

"그거참 좋은 소식이군. 회복에 집중하도록 해. 너는 우리 십천야에서 가장 중요한 전력이니까."

웃음과 함께 술을 마시는 천지광을 향해 천무진이 물었다.

"십천야로 돌아가도 되냐는 질문에 대한 답변은 안 주실 겁니까?"

재차 내뱉은 질문에 천지광은 자신의 턱을 어루만졌다. 그러고는 다소 고민스럽다는 듯 입을 열었다.

"글쎄. 사실 나도 너를 내 품으로 다시 데려오고 싶다만…… 내부에도 일이 좀 있어서 말이다. 그 질문에 대한 답은 내일에나 줄 수 있을 것 같은데 하루만 기다려 줄 수 있겠느냐?"

"그렇게 하겠습니다."

"그래. 먼 길 오느라 고생했을 텐데 오늘은 우선 쉬고 내일 다시 만나 이야기를 매듭짓도록 하자꾸나."

"예, 어르신."

말을 마친 천무진은 자리에서 일어났다.

그러고는 곧장 짧은 인사를 마치고는 붉은 천 바깥으로 사라졌다. 그렇게 천무진이 사라지고 한참을 그 자리에 앉아 있던 천지광이 중얼거렸다.

"갑자기 돌아오고 싶다라."

뭔가 의심스러운 기분이 들었다.

그렇지만 이내 천지광은 고개를 저었다.

무슨 꿍꿍이가 있든 뭐가 대수란 말인가.

어차피 천무진은 자신의 명령을 어길 수 없다.

그러니 천무진이 무슨 짓을 하든 천지광은 그를 멈출 힘이 있었다.

그리고 굳이 천무진이 이렇게 나오지 않았어도 천지광은 조만간 그를 가까이로 불러들일 생각이었다.

천룡혼이 언제 완성될지를 정확히 가늠할 순 없다.

다만 지금의 상태라면 머잖아 그 경지에 도달할 것으로 보였다.

한시가 급한 천지광이었다.

당연히 그를 옆에 두는 쪽이 좋았다.

사실 시간이 필요하다는 식으로 굴었지만 이미 답은 내린 상태였다. 천무진의 제안처럼 그를 내부로 받아들일 것이고, 옆에 둔 채로 천룡혼의 완성을 기다릴 계획이다.

천지광이 슬그머니 자신의 손바닥을 내려다봤다.

쭈글쭈글해진 자신의 손.

그것이 보기 싫었는지 팍 인상을 찌푸린 그는 천천히 손을 허공으로 들어 올렸다.

손뿐만이 아니다.

마공으로 인해 망가진 흉물스러운 신체 모두가 마음에 들지 않았다.

볼품없는 자신의 손을 바라보던 천지광이 나지막이 중얼거렸다.

"이 저주받은 몸뚱이로 사는 것도 얼마 남지 않았군."

말을 내뱉었던 그가 웃음을 참기 힘든지 손으로 자신의 얼굴을 감싸 쥐었다.

손가락 사이로 천지광의 웃음이 터져 나왔다.

"큭큭큭!"

10장. 진행
― 충분하거든

　화산파 자운의 서재.

　아직 이른 시간임에도 불구하고 그곳으로 약속하지 않은 누군가가 다급히 들이닥쳤다.

　갑작스러운 방문객의 등장에 서재에서 서책을 보고 있던 자운이 놀란 눈으로 상대를 바라봤다. 그의 서재에 모습을 드러낸 건 바로 조수아였다.

　외부로의 출입이 적고, 누군가와의 만남도 피하는 그녀가 제 발로 이렇게 찾아온 건 놀랄 일이 분명했다.

　화산파 내에서 자신보다 위의 항렬인 조수아가 나타나자 자리에서 일어난 자운이 예를 갖추며 말했다.

"사고(師姑:사부의 사매 또는 사제)께서 이곳엔 갑자기 어쩐 일이십니까?"

자운이 자신을 향해 건넨 인사에는 답변도 하지 않은 조수아가 다급히 이곳에 온 이유를 드러냈다.

"자운, 내가 들은 이야기가 사실인지 물으러 왔는데."

"뭘 말입니까?"

"이번에 임무가 있어서 화산파를 떠난다며. 그런데 그 임무가…… 천룡성의 그분과 관계된 게 맞아? 그때 화산파에 온 사내 말고 진짜 천룡성의 주인 말이야."

조수아의 질문에 자운의 눈동자가 꿈틀거렸다.

사실 그녀가 이곳에 나타났을 때부터 이미 예상했던 바였다.

자운은 함정을 파 놓았고, 그곳에 조수아가 걸려들도록 사전 준비까지 해 뒀던 상황이었다. 그리고 예상대로 그녀는 그 소식을 전해 듣기 무섭게 이곳으로 달려온 것이었고.

자신의 계획이 먹혀들었다는 기쁨을 감춘 채로 자운이 고개를 끄덕였다.

"아, 네. 맞습니다."

"그리고 지금 그곳에 함께 갈 누군가를 고르고 있고?"

"예. 그렇습니다만 갑자기 그건 왜……."

전혀 모르는 척 말꼬리를 흐릴 때였다.

조수아가 양손으로 자운의 책상을 팍 소리가 나게 짚으며 말했다.

"아직 자리가 비어 있다면 내가 가고 싶은데."

목소리에 힘을 주어 말하는 조수아의 모습에 자운은 짐짓 당황스러운 듯한 표정을 지어 보였다.

그가 잠시 머뭇거리다 이내 말했다.

"같이 가 주신다면야 큰 도움이 되어 주실 테니 그건 괜찮습니다만 갑자기 왜 이런 부탁을 하시는지 모르겠군요."

조수아는 화산파에서도 무척이나 배분이 높은 여인이다. 거기다가 실력 또한 뛰어나 화산파 내에서 다섯 손가락 안에 드는 고수였다.

물론 지금 이 임무에 그녀의 실력 따위는 중요하지 않았다.

애초부터 천운백을 죽이기 위해 조수아를 끌어들이는 가짜 작전.

그리고 그 계획에 그녀가 말려든 것뿐이었으니까.

다 알면서도 자운은 모르는 척 질문을 던졌고, 조수아가 대충 답했다.

"천룡성 분을 만나서 할 말이 있거든. 어쨌든 내가 가도 된다는 거지?"

"물론입니다. 사고 같은 실력자가 나서 주신다니 오히려 환영할 일이지요."

승낙의 뜻을 내보이자 조수아의 다급해 보이던 표정이 한결 여유로워졌다.

이윽고 그녀가 물었다.

"언제 출발할 예정이지?"

"함께 갈 인원이 정해지는 대로 최대한 빠르게 움직일 생각이긴 했는데…… 혹시 내일도 가능하시겠습니까?"

"오늘도 상관없어."

"하하! 그건 제가 어려울 것 같군요. 그럼 말씀드린 대로 내일 오전 중에 출발하도록 하겠습니다."

"좋아. 그런데 목적지는 어디야?"

물어 오는 조수아의 질문에 억지로 웃음을 감춘 자운이 답했다.

"산동(山東)입니다."

* * *

대홍련은 큰 홍역을 치르고 있었다.

갑작스러운 련주 단관호의 은퇴, 그리고 그 자리는 기다렸다는 듯 단엽이 물려받았다.

분명 단엽은 대홍련의 련주 자리를 물려받기에 부족함이 없는 인물이었다.

뛰어난 무공 실력.

거기다가 부련주라는 직책까지 갖췄으니까.

그렇지만 그것만으로 련주가 될 수는 없었다.

수많은 이들이 얽혀 있는 대홍련답게 그 내부에는 각자의 욕심들이 있었다. 그리고 그 욕심에 부합하는 뭔가를 얻어내기 위해 각자의 생각 또한 다를 수밖에 없었다.

전대 련주였던 단관호가 적극적으로 나서며 단엽을 밀어준 덕분에 내부 분열은 최소화될 수 있었다.

하지만 단관호의 도움에도 불구하고 모든 이들이 단엽을 련주로 인정하는 건 아니었다.

오늘 이 자리에 모인 이들도 마찬가지였다.

모인 여섯 명의 사내들은 모두 단엽이 련주가 된 사실에 불만을 가진 이들이었다.

나름 대홍련에서 힘깨나 쓰는 이들.

이들은 단엽이 련주가 되며 자신들이 가진 상당 부분을 빼앗길까 염려하고 있었다.

여섯 명의 사내 중 삐쩍 마른 인물이 입을 열었다.

"각주, 요새 대홍련이 돌아가는 꼴이 보이십니까? 아주 개판입니다."

"맞습니다. 이대로 보고만 계실 생각입니까?"

다른 인물의 동조와 함께 다섯 사내의 시선이 한곳으로 향했다. 그곳에는 이들을 이끄는 수장 격인 묵혼각의 각주 진명훈이라는 자가 자리하고 있었다.

진명훈은 대홍련 내에서도 서열 사 위에 자리하고 있는 인물이었다.

그리고 이번 단엽이 련주가 된 일에 크게 불만을 가진 인물이기도 했다.

다른 이들의 말에 진명훈이 표정을 구긴 채로 답했다.

"나라고 해서 그냥 있고 싶겠소. 허나 전대 련주가 이리도 강경하게 밀어주고 있으니 섣불리 행동할 수도 없는 노릇이오."

"하지만 이대로 있다가는 그간 이뤄 놓은 것들이 모두 무너질지도 모릅니다."

이 여섯 명의 사내는 꽤나 오랜 시간 대홍련의 이득이 아닌 사사로운 욕심을 위해 몇 가지 일들을 벌여 왔다.

그렇지만 련주가 바뀌고, 그에 따라 몇 가지 규율들이 변하면서 이들에게 치명적인 타격이 올 수도 있는 상황이 된 것이다.

다른 이들의 말처럼 지금 이 상황이 얼마나 위급한지 잘 알고 있는 진명훈이다.

그의 수심이 깊어질 때였다.

옆에 있던 사내가 말했다.

"차라리 대홍련 구북(丘北) 지부를 기점으로 하여 새로운 영역을 구축하는 건 어떻겠습니까? 그곳이라면 제아무리 단엽이라고 해도 섣부르게 쳐들어오기는 어려울 것 아닙니까."

"그거참 좋은 생각입니다! 어떠십니까, 각주?"

"……."

"시간이 갈수록 점점 상황이 좋지 않아집니다. 지금이라면 우리에게도 충분히 승산이 있습니다!"

목소리를 높이는 다른 이들의 모습에 눈을 감은 채로 잠시 생각에 잠겨 있던 진명훈이 결국 결정을 내렸다.

그가 번쩍 눈을 뜨며 자리에서 일어났다.

탕!

주먹으로 탁자를 내리친 그가 눈을 부릅뜨며 말했다.

"좋소! 내 여러분들의 의견대로 하리다. 이번 기회에 구북을 손에 쥐고, 단엽이라는 그 애송이를 끌어내립시다!"

"좋습니다!"

"하하! 역시 진 각주는 호탕하셔서……."

모두가 진명훈의 결단에 좋다고 소리를 내지르는 그때였다.

콰앙!

커다란 굉음과 함께 벽면 한쪽이 박살이 나며 커다란 구멍이 뚫려 버렸다. 갑작스러운 상황에 모여 있던 여섯 명의 사내들이 놀라 움찔했을 때였다.

벽면에 난 구멍을 통해 한 명의 사내가 걸어 들어오고 있었다.

그리고 그 상대의 모습을 보는 순간 사내들의 얼굴은 사색이 될 수밖에 없었다.

방금 전까지 자신들이 목청 높여 욕하던 단엽이 나타났으니까.

방 안으로 걸어 들어온 단엽은 여섯 명의 얼굴을 하나씩 훑어보며 비웃듯 말했다.

"쥐새끼들처럼 숨어서 떠들어 대기는."

쥐새끼라는 말에 여섯 사내의 표정이 일그러졌다.

진명훈이 버럭 소리쳤다.

"말을 삼가시오! 쥐새끼라니 우리에게 그런……."

어떻게든 목소리를 높이려는 그 순간.

상대의 행동에는 아랑곳하지 않은 단엽이 곧바로 움직였다.

쾅!

순간 지진이라도 난 것처럼 건물 전체가 흔들렸다.

여섯 사내가 놀란 듯 주춤거릴 때였다.

몸을 굽히며 주먹으로 바닥을 내려친 단엽이 고개를 들어 올린 채로 히죽 웃어 보였다.

그가 말했다.

"어디서 말을 삼가라 마라 명령 질이야. 고작 각주 주제에."

"……."

입을 닫은 상대의 모습을 보며 단엽의 눈동자가 꿈틀거렸다.

단엽은 이미 바깥에서 이들이 주고받는 모든 대화를 들은 상태였다.

가능하면 전대 련주이자 삼촌인 단관호의 말대로 최대한 좋게 풀어 가고 싶었지만…….

단엽이 가볍게 손목을 꺾으며 입을 열었다.

"내가 분명 련주 취임식 때 말하지 않았나? 도전은 언제든 받아 준다고. 원한다면 언제라도 덤벼서 힘으로 빼앗으라고."

실로 충격적인 취임식이 아닐 수 없었다.

취임식에서 옆에 자리하고 있던 전대 련주 단관호가 얼굴을 감싸 쥘 정도로 놀라운 말을 내뱉었기 때문이다.

바로 련주 자리에 대한 이야기였다.

'련주의 자리를 원한다면 언제든 덤벼도 좋다. 그리고 자신을 이긴다면 그 자리를 내주겠다.'는 충격적인 발언이었다.

그만큼 스스로의 실력에 자부심이 있기에 가능했던 말.

그리고 단엽이 한 말은 그것이 끝이 아니었다.

여섯 명의 사내를 향해 다가가며 단엽이 말했다.

"그리고 말했지. 그 반대로 이렇게 숨어서 뒤가 구린 행동을 하는 놈들은…… 박살을 내 버린다고."

"이익! 멈추십시오, 련주! 우리에게 손을 댄다면 그냥 넘어갈 것 같습니까?"

진명훈의 옆에 있던 다른 사내가 목소리에 힘을 주어 소리쳤을 때였다.

단엽이 번개처럼 달려들어 그의 머리통을 후려쳤다.

빠악!

소리와 함께 곧장 바닥에 널브러진 상대를 내려다보며 단엽이 말했다.

"그냥 안 넘어가면 어쩔 건데?"

"련주!"

진명훈이 버럭 소리를 내질렀다.

그에 단엽이 손가락으로 자신의 귀를 어루만지며 표정을 찡그렸다.

"거참, 더럽게 시끄럽네. 떠들지 말고 그냥 빨리들 덤비라고. 여섯 명이서 동시에 덤비면 되겠…… 아, 이제 다섯 명이지, 참."

바닥에 널브러져 있는 자를 툭툭 차며 단엽이 자신의 말을 수정했다.

바로 그때였다.

"각주님! 괜찮으십니까?"

외침과 함께 문을 열고 나타난 수하의 모습에 진명훈의 표정이 한결 밝아졌다.

생각해 보니 이곳은 자신의 거처였다.

거기다 지금 나타난 단엽은 누가 봐도 혼자였다.

묵혼각의 인원들 중 절반 가까이가 이곳에 대기하고 있었다. 그들까지 있다면…… 이 싸움은 자신들의 승리다.

진명훈의 표정이 득의양양하게 돌변했다.

"아무래도 련주가 자리를 잘못 찾은 듯싶소. 함부로 이곳에 들어오다니…… 이러니 내 당신이 련주로 부족하다 말하는 거요. 할 줄 아는 건 무식하게 주먹을 쓰는 것밖에 없는 작자가 련주라니, 대홍련의 꼴이 우습지 않겠소."

마치 이겼다는 듯 말하는 진명훈을 바라보며 단엽이 한숨을 쉬고는 중얼거렸다.

"멍청하네."

"······뭐요?"

"왜 내가 적진에 혼자 왔겠어?"

말을 마친 단엽은 권갑을 낀 주먹을 앞으로 내밀며 싸울 자세를 취했다.

상대를 향해 투지를 쏟아 내면서 단엽이 말했다.

"너희 따위는 혼자서도 충분하거든."

도발적인 그 말과 함께 단엽이 움직였다.

피투성이가 된 채로 몸을 일으켜 세운 단엽이 길게 기지개를 켜며 소리쳤다.

"끄아아아!"

수많은 이들을 바닥에 널브러트린 채로 그 위에 서 있는 단엽은 방금 전까지 치열한 싸움을 벌인 사내라고는 믿기 어려울 정도로 밝은 표정이었다.

꼴은 엉망이었지만, 사실 단엽이 입은 부상은 그리 크지 않았다.

지금 단엽에게 묻은 피 대부분도 그에게서 나온 게 아니라 쓰러져 있는 이들에게서 튄 것이었다.

주변을 둘러보며 단엽이 중얼거렸다.

"남은 놈들 더 있나?"

무려 육십여 명에 달하는 무인들이었다.

그들을 정리하는 데 고작 일각의 시간밖에 들지 않았다.

그것도 최대한 손속에 사정을 두어 죽지 않게끔 손을 봐주었는데도 이 정도였다.

자신의 의지로 행동한 우두머리급이야 어떻게 되든 상관없지만, 명령대로 따를 수밖에 없는 수하들까지 죽이고 싶진 않았던 것이다.

이들 또한 대홍련의 사람들이고, 이제 자신은 그들을 이끌어야 할 련주였다.

물론 추후 조사를 통해 이곳에 있던 육 인과 연관되어 악행을 저지른 자는 그에 맞는 벌을 받아야겠지만.

싸움을 끝낸 단엽이 고개를 젖혀 하늘을 올려다봤다.

참으로 바쁜 나날들.

그런데 신기하게도 하루라도 헤어진 그들이 생각나지 않는 날이 없었다.

천무진과 백아린. 그리고 항상 자신과 어울려 주던 한천까지.

그가 얼굴에 튄 피를 손등으로 닦아 내며 중얼거렸다.

"하아, 다들 벌써 보고 싶네."

고개를 절레절레 저으며 쓰러진 이들 사이를 걸어가는 단엽.

거침없는 단엽의 주먹 아래에 대홍련의 모든 일들이 마무리되고 있었다.

그리고 그 말은…… 천무진 일행으로의 복귀가 다가오고 있다는 의미였다.

* * *

"복귀를 승낙하지."

하루 만에 만난 천지광은 큰 선심을 쓰는 것처럼 말했다.

천무진의 복귀는 천지광 또한 바라던 바 중 하나였지만, 그는 마치 그 일을 어렵사리 정한 것처럼 굴었다.

허나 천무진 또한 그의 승낙을 이미 예상하고 있었던 상황이다.

자신이 마교에서 특별히 해야 할 일이 없는 상황이니 거절할 이유가 없다 생각했으니까. 그랬기에 천무진이 담담하게 고개를 끄덕였다.

"제 뜻을 받아 주셔서 감사합니다. 그럼 어디로 움직이면 되겠습니까?"

"흐음, 아무래도 호남 거점이 좋겠지. 지금 네가 있는 마교와도 그리 멀지 않고 말이다."

십천야의 거점은 꽤나 많았다.

그리고 그 수많은 곳들 중 천지광의 선택은 호남성이었다.

방금 이야기를 한 것처럼 천무진이 지내 온 마교와도 근접한 곳이었고, 구파일방이나 오대세가 중 하나도 자리하지 않은 덕분에 십천야의 입장에서는 보다 활동하기 수월한 장소이기도 했다.

"형동(衡東)으로 오거라. 그럼 내가 알아서 그곳으로 사람을 보내지."

비밀 거점으로 안내하는 방식은 이번과 비슷했다. 정확한 위치를 말해 주는 것이 아니라, 사람을 통해 안내를 한다.

아마도 외부에 자신들의 거점이 드러나지 않게 하기 위해 이 같은 방식을 택하는 것이리라.

승낙이 떨어지자 천무진은 준비해 두었던 부탁을 꺼냈다.

"그리고 하나 더 드릴 청이 있습니다."

"그게 무엇이냐?"

"현재 마교에 함께 있는 두 사람도 대동하고 싶습니다."

"적화신루의 그 둘을 말하는 게냐?"

"예, 그렇습니다."

천무진의 말에 천지광의 표정이 일그러졌다.

마음 같아서는 무슨 헛소리냐고 큰소리를 치고 싶었지만 천무진에게는 최대한 인자한 모습을 보이려고 노력하는 천지광이다.

거기다가 주변 사람들을 건드리지 않겠다는 약속을 하기 무섭게 천운백을 죽일 계획에 들어간 것도 걸리지 않았던가.

상황이 이렇다 보니 선뜻 안 된다고 강하게 말을 하기가 어려웠다. 하지만 아무리 그렇다고 해도 자신에게 도움 하나 되지 않을 일을 승낙할 천지광이 아니었다.

들어주지 않는다고 하면 불만을 갖기야 하겠지만 어차피 자신의 명령대로 따르는 꼭두각시인 그니, 결국엔 시키는 대로 할 수밖에 없을 터.

천지광이 괜히 고민스러운 표정을 짓다 이내 짧은 한숨과 함께 말을 이었다.

"후우, 아무래도 그건 어려울 것 같구나. 십천야는 그렇게 아무나 받아 줄 수 있는 곳이 아니다."

"다시 한번 생각해 주시죠. 그들은 어르신에게 큰 도움이 될 겁니다."

"그게…… 무슨 뜻이냐?"

"찾으시는 게 남아 있으시잖습니까. 그러니까 어떻게든 귀문곡을 다시 손에 넣으시려고 한 거 아닙니까?"

천무진의 말에 천지광은 움찔했다.

그의 말이 맞았다.

생을 되돌리기 전 천지광은 필요한 모든 걸 미리 알아 두려 했다. 이미 귀문곡을 통해 수많은 영약들의 위치나, 사라졌던 무공 비급들의 위치를 확인한 상황이다.

바로 이다음 생을 위해서.

그는 새로운 인생에서 절대자가 되기를 원했다.

누구도 범접할 수 없는 천외천의 존재. 그리고 그러기 위해서는 수많은 영약들과 무공들이 필요했다.

자신이 강해지기 위해서이기도 했지만, 그런 것들이 있어야 휘하에 수많은 이들을 끌어모으는 데 큰 도움이 될 테니까.

영약과 무공만큼 무인들의 눈을 멀게 만드는 건 없었다.

그랬기에 사전에 많은 정보들을 모아 두었고, 과거로 돌아가는 즉시 그 모든 걸 손에 넣을 생각이었다.

다만 귀문곡의 정보력으로도 아직 찾지 못한 몇몇 것들이 있었는데, 그런 상황에 그마저도 거의 적화신루에게 먹히다시피 당해 버렸다.

그로 인해 그와 관련된 정보들을 구하는 건 더욱 어려워진 상황이었는데…….

이미 많은 걸 알아 둔 천지광이다.

하지만 사람의 욕심은 끝이 없다고 그보다 더욱 많은 걸

가지고 싶었다.

특히나 칠신기(七神器) 중 하나인 구마진갑(九魔鎭鉀)만큼은 꼭 손에 넣고 싶었다.

세상 모든 공격을 받아 낸다는 전설의 갑옷.

이것만 있다면 다음 생에서 자신은 절대 죽지 않을 거라는 확신이 있었다.

천무진의 말에 구미가 당겼는지 천지광이 입을 열었다.

"귀문곡도 아직까지 못 해냈던 일인데, 적화신루가 해낼 수 있겠느냐?"

"아시지 않습니까. 각자 정보 단체의 세력권이 다른 건. 귀문곡이 큰 정보 단체이긴 했지만, 그 힘은 사파들의 세력권에서만 빛을 발했었습니다. 반면 적화신루는 다른 쪽으로 정보력을 지니고 있습니다."

"그건 네 말이 맞는다만……."

천무진의 말대로 적화신루는 귀문곡과 아예 다른 정보망을 지니고 있다.

거기다가 귀문곡은 이미 적화신루에 흡수되어 버린 거나 마찬가지.

그 말은 곧 서로 다른 두 개의 정보망이 하나가 된다는 의미였다. 그리고 그건 생각보다 커다란 파급력을 지닌 일이었다.

여태까지는 별것 아니었던 정보가 다른 쪽의 것과 합쳐지며 새로운 뭔가를 발견할 수 있었으니까.

지금 적화신루의 상황이 바로 그러했다.

구미가 당기긴 했지만, 쉽사리 납득이 가는 문제가 아니었기에 천지광이 물었다.

"그런데 적화신루가 나를 위해 움직이겠다고?"

여태까지는 적대 관계였던 그들이다.

아무리 돈으로 정보를 사고파는 정보 단체라 해도 십천야와는 안 좋은 악연들이 제법 있었으니, 자신을 따를 거라는 생각이 쉬이 들지 않았다.

그런 그의 질문에 천무진이 답했다.

"그럴 리가 있겠습니까. 적화신루는 저를 위해 움직일 겁니다."

천무진의 말에 천지광은 움찔했다.

그런 그를 향해 기다렸다는 듯 천무진이 의미심장하게 말을 이었다.

"하지만 아시지 않습니까. 그런 저를 움직이시는 건 어르신이라는 걸."

천무진은 말하고 있는 것이다.

어차피 마음먹은 대로 자신을 조종할 수 있으니, 적화신루는 결국 어르신을 따르는 것과 다름이 없다고.

"……."

천지광은 가만히 생각에 잠겼다.

어떻게든 귀문곡을 다시금 십천야의 휘하로 돌려놓기 위해 애를 썼던 것은 사실이다. 그리고 지금에 이르러서는 그게 불가능해졌다는 것도.

그런 상황에서 귀문곡을 집어삼킨 적화신루의 정보력을 얻는다……?

'나쁘지 않군.'

과연 천무진에게서 천룡혼을 받아 이번 생을 매듭짓는 데 걸리는 시간이 얼마일까?

한 달? 두 달?

제아무리 길어야 반년을 넘지 않을 게다.

그 시간 동안 적화신루를 통해 몇 가지 필요한 것들을 찾게끔 한다.

결국 천지광은 천무진의 부탁을 받아들이기로 결정을 내렸다.

자신에게 이득이라는 판단이 섰으니까.

하지만…….

'네가 원하는 대로 모두 해 줄 수는 없지.'

혹시 모를 위험은 사전에 차단할 생각이다.

생각을 정리한 천지광이 고개를 끄덕이며 승낙의 뜻을

내비쳤다.

"네가 그리 말한다면 그것도 나쁘지 않겠구나. 다만 조건이 하나 있다. 적화신루와 손을 잡고 그들을 가까이에 두는 것까지는 허락하지만…… 본거지에 그들을 들일 수는 없다."

그들에게 허락하는 것은 천무진에게 오라고 했던 일차 접선지인 형동까지다. 그곳보다 더욱 깊게 십천야의 본거지로 다가오게 할 생각은 없었다.

말을 끝낸 천지광이 다리를 꼬고 앉은 채로 눈을 빛냈다.

이 제안만 승낙한다면 사실 천지광의 입장에선 손해 볼 것이 없었다.

어차피 십천야의 거처는 쉽사리 찾을 수 없게 되어 있었으니까. 형동은 이미 천무진에게 말해 준 위치였고, 제아무리 적화신루라 해도 그곳에서부터 십천야의 비밀 거점을 찾아낼 수는 없을 것이다.

얻는 것만 있을 뿐, 그 어떠한 것도 잃지 않을 거래.

천무진이 얻을 수 있는 건 고작 그들의 얼굴을 종종 볼 수 있다는 것 정도일 게다.

지금 천지광의 조건이 어떠한 생각을 하고 내건 것인지 천무진 또한 모르지 않았다.

하지만…….

'지금은 이거면 충분해.'

적화신루를 계속 안고 갈 수 있다는 것.

그리고 그 안에 백아린과 한천이 있다는 건 지금의 천무진이 취해야 할 최고의 패였다.

그걸 알기에 천무진은 망설이지 않았다.

그가 답했다.

"그렇게 하죠."

천무진과 천지광, 두 사람의 거래가 성립됐다.

서로 각자의 생각을 품은 채로.

*   *   *

백아린은 현재 그녀가 머물고 있는 귀림원의 입구 부분을 서성이고 있었다.

별다른 말은 하지 않고 있었지만, 그녀의 얼굴엔 수심이 가득했다.

'올 시간이 한참은 지났는데.'

길어야 닷새가 안 걸릴 거라고 했던 여정이었다.

그런데 무려 칠 일이 지났음에도 불구하고 아직까지도 천무진은 돌아오지 않았다. 약속했던 닷새 동안도 무척이나 초조해하던 그녀는 그 시간을 넘어간 이후부터는 계속 이렇게 바깥을 서성였다.

두려웠다.

혹시나 천무진이 돌아오지 않을까 봐.

이대로 영영 이별이 되는 건 아닐까 너무도 무서웠다.

그러자 후회가 밀려왔다.

정말 그날이 마지막이었다면 조금 더 볼 걸 그랬다고. 손도 더 오래 잡아 보고, 그에게 사랑한다고 말할 걸 그랬다고.

안절부절못하며 서성이던 백아린이 갑자기 멈칫했다. 아주 멀리에서 조금씩 모습을 드러내는 형태가 무척이나 낯익다.

낯익은 옷차림에 익숙한 발걸음.

다가올수록 점점 뚜렷해지는 상대의 모습을 눈을 크게 뜨고 지켜보던 백아린은 자신도 모르는 사이 빠르게 걷기 시작했다.

그리고 이내 그 상대가 천무진이라는 걸 확인하는 순간…….

타다닥!

걸음은 어느새 달리기가 되었고, 순식간에 천무진의 지척까지 다가갔다.

백아린은 일말의 망설임도 없이 그의 품에 껑충 뛰어들었다.

와락!

푹 안기며 가슴팍에 기대어 오는 백아린의 행동에 천무진이 서둘러 양팔로 그녀를 감싸 안았다.

품에 안긴 백아린이 볼멘소리로 중얼거렸다.

"왜 이렇게 늦었어요. 조금 더 늦었으면 아마 여기 왔어도 절 못 봤을 거예요."

"왜?"

"기다리다 목이 빠져서 죽었을 테니까요."

"뭐? 하, 하하!"

순간 당황했던 천무진이었지만 그는 평소답지 않게 큰 소리로 웃음을 터트렸다.

너무도 사랑스러운 여인.

어찌 이 여인을 사랑하지 않을 수 있겠는가.

마찬가지로 백아린을 꼭 껴안은 채 천무진이 말했다.

"미안해 늦어서. 최대한 빨리 오려고 했는데…… 일이 좀 있었어."

당자윤의 일과, 일부러 시간을 끌어대던 천지광의 계획까지 겹치며 이틀가량 도착이 늦어졌다.

백아린을 품에 안고 있던 천무진이 이내 말을 이었다.

"아 참, 바로 준비해."

"뭘요?"

슬쩍 고개만 들어 올려 자신을 바라보는 그녀를 내려다보며 천무진이 답했다.

"같이 갈 수 있게 됐어."

천무진의 그 말에 백아린의 안색이 환해졌다.

"마교를 떠난다고요?"

갑작스러운 백아린의 말에 한천이 놀란 듯 되물었다. 어제…… 아니, 오늘 아침까지만 해도 이런 것에 대한 말은 일언반구도 없었다.

그런데 천무진이 돌아오기 무섭게 곧장 이 같은 사실을 전한 것이다.

한천은 천무진과 백아린을 번갈아 바라보다 이내 물었다.

"그럼 이제 우린 어디로 갑니까? 이런 추운 날씨에 집 없이 떠돌아다니는 나그네 신세는 영 질색인데요."

창밖을 보며 고개를 절레절레 저어 보이는 그를 향해 천무진이 말했다.

"십천야의 본거지 근처에서 지내게 될 거야. 난 아예 본거지로 들어갈 거고."

천무진의 말에 한천의 눈동자가 커졌다.

지금 천무진이 내뱉은 말들이 모두 이해가 가지 않았다.

대체 십천야의 본거지는 어떻게 알아낸 건지도 이해가 안 갔지만, 그곳에 천무진 본인이 들어간다는 이야기는 더욱 알아듣기 어려웠다.

이마를 긁적거리던 한천이 물었다.

"무슨 소리인지 좀 알아듣기 쉽게 설명해 주시면 좋겠는데요."

한천의 말에 천무진은 슬쩍 백아린을 바라봤다.

지금 이 일을 설명하려면 최근 들어 있었던 모든 걸 한천에게 말해 줘야 했다.

백아린은 고개를 끄덕였고, 이내 천무진이 입을 열었다.

"나한테 최근에 일이 생겼어. 두 사람이 적화신루의 일로 마교를 떠났을 때……."

천무진은 백아린에게만 했던 그간의 이야기를 한천에게 전하기 시작했다.

매유검이 찾아와 자신이 기억을 되찾은 것부터, 자모충의 이야기도. 그리고 십천야와 있었던 일들까지 최대한 상세하게 설명했다.

제법 긴 이야기였고, 그 모든 말들이 끝날 때까지 한천은 평소답지 않게 단 한마디조차 꺼내지 않았다.

그만큼 심각한 이야기였으니까.

모든 이야기가 충격적이었지만 역시나 한천을 가장 놀라

게 한 건 천무진이 십천야의 일원이었다는 점이다.

최근 천무진에게 무슨 일이 있다는 걸 한천 또한 알고는 있었다.

매일 같이 지쳐서 들어오고, 무엇인가 수심이 깊어 보이는 표정을 하고 있었으니 언제나 옆에 있는 한천이 눈치채지 못했을 리가 없다.

다만 스스로가 이야기하지 않았기에 그 이유에 대해 따로 묻지 않았을 뿐이다.

그런데 그 모든 것들이 이런 일과 연관되어 있었다니…….

모든 이야기를 듣고도 잠시 뜸을 들이던 한천이 입을 열었다.

"그러니까 이제 그곳으로 가자는 겁니까? 이렇게 셋이서요?"

"응, 지금으로선 이게 최선인 것 같아서."

"무슨 말씀이신지는 알겠는데…….""

꽤나 큰 사건에 한천이 골치 아프다는 듯 머리를 긁적일 때였다.

그를 잘 아는 백아린이 장난스럽게 말했다.

"부총관은 무서우면 빠져도 돼."

"정말 빠진다고 하면 어쩌시려고요?"

"그럼 그냥 데리고 가야지."

"아니, 그럼 애초에 제 의사는 물어볼 필요가 없는 거 아닙니까?"

"총관인 내가 가는 길에 부총관이 같이 움직이는 건 당연한 거 아니야?"

"이거야 원, 결국 이러나저러나 끌려갈 운명이네."

억울하다는 듯 중얼거리고 있었지만, 애초부터 한천의 답 또한 같았다.

백아린이 간다면 그곳이 어디라도 함께한다.

그게 한천이다.

두 손을 번쩍 든 한천이 소리쳤다.

"에휴, 모르겠다. 뭐 좋습니다. 갑시다, 가."

이번 일에 큰 위험이 따른다는 건 알고 있다.

그렇지만 이대로 있는다고 해서 달라질 게 없다는 것도 안다.

그렇다면 지금처럼 승부를 걸어 보는 것도 나쁜 방법은 아니었다.

한천이 툴툴거리듯 말했다.

"그럼 언제나처럼 가죠."

"언제나처럼이라니?"

물어 오는 백아린을 향해 한천이 검지를 추켜세운 채로 씩 웃으며 말을 받았다.

"열심히 싸운다. 그리고…… 우리가 이긴다."

한천의 그 말에 천무진과 백아린이 동시에 피식 웃었다.

천무진이 한천을 향해 말했다.

"그거 맘에 드네."

〈다음 권에 계속〉

『마법군주』 발렌 작가의 신작!

『정령의 펜던트』

"정령사는 말이지, 되고 싶다고 해서 되는 게 아니야.
그냥 그렇게 태어나는 거지.
날 때부터 정해진 운명 같은 거라고."

★
dream
books
드림북스

『제왕록』, 『무림에 가다』 시리즈의 작가 박정수
그가 거침없는 현대 판타지로 돌아왔다!

『신화의 전장』

주먹을 믿지 마라.
우리가 살아가는 이 땅에 인간을 벗어난 자들이 존재한다.

dream
books
드림북스

ETAN 이탄

ORIGINAL FANTASY STORY & ADVENTURE

쥬논 판타지 장편소설

〈흡혈왕 바하문트〉, 〈샤피로〉, 〈하라간〉을 잇는
쥬논의 사대신수 시리즈, 그 마지막 이야기!

혹독한 훈련을 받고 가문을 위한 희생양으로서
다른 차원으로 보내진 이탄.
듀라한으로 다시 태어난 그는 신관이 되어
본래 세계로 돌아갈 방법을 찾기 시작한다.

dream
books
드림북스